开学第一课

依据国家教育部和中央电视台

联合主办的《开学第一课》活动

…………“我的梦，中国梦”主题拓展原创版…………

冬夜里的守望者

中央电视台《开学第一课》编写组 编

時代文藝出版社

图书在版编目（CIP）数据

冬夜里的守望者 / 中央电视台《开学第一课》编写组编.—2版.
—长春：时代文艺出版社，2016.1（2021.3重印）
（开学第一课）
ISBN 978-7-5387-4924-3

I. ①冬… II. ①中… III. ①中国文学—当代文学—作品综合集 IV. ①I217.1

中国版本图书馆CIP数据核字（2015）第257167号

出 品 人 陈 琛
责任编辑 李贺来
助理编辑 孙英起
装帧设计 孙 利
排版制作 隋淑凤

冬夜里的守望者

中央电视台《开学第一课》编写组 编

出版发行 / 时代文艺出版社
地址 / 长春市福祉大路5788号 龙腾国际大厦A座15层 邮编 / 130118
总编办 / 0431-81629751 发行部 / 0431-81629755
官方微博 / weibo.com / tlapress 天猫旗舰店 / sdwycbsgf.tmall.com
印刷 / 三河市嵩川印刷有限公司
开本 / 710mm × 1000mm 1 / 16 字数 / 120千字 印张 / 12
版次 / 2016年1月第2版 印次 / 2021年3月第2次印刷 定价 / 36.00元

图书如有印装错误 请寄回印厂调换

《开学第一课》编委会

《开学第一课》的价值

有人问我，《开学第一课》的价值体现在什么地方？我认为最重要的就是全社会希望并通过我们传递出来的价值观。多元是时代进步的标志，我们尊重不同的声音和价值理念，但是作为教育部和中央电视台联手举办的一项公益活动，我们要传递的是主流的、与时俱进又符合中华文明传统的价值观。

在2008年，我们通过《开学第一课》传递了抗震精神和奥运精神；2009年正值新中国60周年华诞，我们在象征着民族精神的长城，为孩子们播撒下爱的种子；2010年，我们告诉孩子们，一个拥有梦想的民族，一个不断仰望星空的民族，就是拥有未来的民族，人生的每一个阶段都需要梦想的指引、坚持和探索，而每个人的梦想汇集起来就可能成为国家的梦想、民族的梦想。

举办《开学第一课》三年来，我个人也有一个梦想，我梦想这项目光远大、朝气蓬勃的公益活动能够坚持举办十年，让它给这一代孩子的成长提供正面的、积极向上的力量，这就是《开学第一课》的意义所在。

我希望全社会的力量汇集起来，给孩子们一种价值观的教育，中央电视台愿意承担使命，连同教育部把这项公益活动做好。我们也欢迎全社会各界积极参与、支持，从出版、纸媒、网络、志愿行动、慈善事业等各个方面，加入到这个追逐共同梦想、打造恒久价值的公益活动中来。

由此，我亦十分高兴地看到《开学第一课》系列丛书的出版，我相信时代文艺出版社正是基于我们共同的理想，以出版的力量为孩子们的未来创造了更丰富的阅读食粮，为《开学第一课》的精神理念提供了更多样的传递方式。

中央电视台 许文广

目录

第四部分　冬夜里的守望者

第五部分　春江花月夜

第六部分　阅读让梦想御风飞行

第一部分

向左走，向右走

我们都在岁月的流逝中不断成长，沿着各自不同的轨道，义无反顾地前行着。我们的轨迹曾经相交过，或许，在多年之后，还会再次相交，抑或不会再相交。但至少我们拥有过一段纯真的友谊，这就足矣！

——姚蕾《向左走，向右走》

遇见童年

薛念念

指尖划过键盘，感觉棱角间的圆润，闭上眼睛，脑海中却闪现刚刚翻看过的相册。我长大了，我真的长大了么？为什么我觉得自己失去了很多，像孩子找不到心爱的玩具？

在我还吮手指的时候，就认识了宇，他是我最早最早的朋友。我们办家家、打弹子、躲猫猫。大年初一跑出去探险，玩到深夜十一二点也不困，被各自父母抓回去的时候，还互相竖竖大拇指。结果我被骂了，他却一点事都没有，我不服，他说："因为我是男子汉嘛。"

上学后有一天下午放学，我们结伴回家，却发现都没带钥匙，两个人不知道去哪。我们踢着石子，舔着雪糕，等父母下班。我傻乎乎地问他："喂，我们不会无家可归吧？"他仰头看看天，含着雪糕含含糊糊地说："没事，有我呢，跟着我就行了。"我就一点也不担心了。现在想起来，倒是很像某位主持人说的："我要背我的小包包开始浪迹天涯啦。"

我还以为生活就这样过下去了，但他的父母离婚了。据说他的父亲在一天晚上，这个一向文质彬彬的男人，掀翻了他母亲的麻将桌，掉头走了。他们就离婚了，我不知道这个给他带来多大的伤害，至少在我后来见他的时候，他总是微笑，像天使。再后来，他跟他父亲搬走了，我们的见面仅局限于偶尔在教室的走廊上擦身而过。小学毕业的时候，我送了他一支书签，托人转送的。之后我们再也没见。

我遇见谁会有怎样的对白，我等的人他在多远的未来。

六年的小学生活中，我还结识了甜。人如其名，她是一个可爱的女孩子。小学一年级刚开学的时候，我走进教室，不知怎么的没有犹豫就坐到了她的身旁。盘算了很久不知该说什么好，结果没头没脑地冒出来一句"我帮你放书包。"不由分说把她身后的书包塞进了抽屉。她笑了，我笑了，两家的大人都笑了。她笑起来真好看，纯纯的像个天使。我就这么认识了她，注定在今后的六年，我们离不开彼此。

我们之间发生过的快乐事很多，此处不赘述。我只想告诉你，甜是一个非常好相处的人，她有水瓶座的好脾气，很迁就我，我就像个被宠坏的小孩子。大家说甜总是跟着我玩，其实我知道是我离不开她，是我跟着她玩。

我也以为生活就这样过下去了，直到有一天我的逞能伤害了甜，我发现我生活的蛋糕又少了一块。那是个阳光明媚的中午，我和甜吃过午饭，一起出来玩。我们几个女孩子发明了一个刺激的游戏，天知道它有什么刺激的，就是一个人骑车带另一个人从很高的坡上冲下来。轮到我的时候，我自告奋勇说要带甜，甜一开始摇摇头，说她怕，我告诉她相信我。然后我们就从坡上冲下去了，我自信的笑容还没来得及绽开，我们连车带人就翻了下去。我从地上爬起来，拍拍身上的泥土，完整无缺地站在那儿。再回头看看甜，她呆呆地站着，满嘴是血。我一下子傻了，忙找来手帕和水让甜漱口，然后我发现她磕掉了半颗门牙，她可是个女孩子啊。我一下子手足无措起来，只知道一个劲地哭。后来甜的母亲赶来了，一直沉默的她扑进了母亲的怀抱，失声痛哭起来。从那一刻起，我知道我们再也回不去了。哪怕是我们站得很近很近。我恨不得摔断门牙的是我，是我毁了甜的容貌，毁了我们之间的信任和友谊。尽管之后，甜和她的家人都没有责怪我，他们总说“还是孩子”，但我明白我们都很伤心。

甜，你现在还好吗?

我固执地认为我的童年只到小学毕业为止，因为在初中，我再也找不到那时的快乐和纯真了，也或许是因为我心中的位置已经占满了。我祝福那些我爱和爱我的人们。

向左走，向右走

姚蕾

1990年的12月10日，在市中心的两家大医院里，诞生了两个不同的小生命——麦和穗。

命运捉弄，使原本两条平行线之间产生了交集。一样的身高，一样的体重，甚至是一样的爱好……似乎上帝有意让她们的人生有交集……

这是一天中最慵懒的午后时光。坐在校园长廊的石柱旁，仰着头，看着蓝蓝的天，穗对麦说："真不知道明年的这个时候我们俩会在什么地方。"初秋的微凉震得树叶窸窣作响，两个同年同月同日生的女孩依偎得更紧了。

亲密无间，她们就这样结伴而行。

中考结束了，一切恢复了初始的平静———她们考上了同一所高中。她们继续结伴而行。

高二选科时，麦选了理，而穗选了文。很遗憾，上帝最终没有让她们走到一起。这个世界有时小得可怜，有时却又大得不可捉摸。人很多时候都会输给自己内心对自己的抵抗。于是，两条平行线渐渐背离了初始的轨道，无限延伸开去。

在同一个校园，甚至连教室也在同一条走廊上，但彼此却很少见面，更很少主动去找对方。几个月前的麦和穗，还常常会为了某个老师上课时不经意的出错而课后大笑半天不止；往往又会为了某条校园八卦的新闻而津津乐道地讨论上几天；总之，那对亲昵地挽着手臂漫步在操场上的背影一定就是她们了。而如今，仅一墙之隔而已，然而当真仅一墙之隔吗？日子波澜不惊。忽然，有种失去掌控的感觉。看着黑板上复杂的反应式，麦的脑海游离在窗外。不知名的树，把教室外面的天空染得气势磅礴。也许，这本应是个绚烂的世界。她想得出了神："希望一切都能顺利下去，穗快乐，我也快乐。我们依然会结伴而行的。"是啊，快乐就像泡沫的幻影，晶莹剔透之后便无影无踪。

晨曦微露的街道，麦又急匆匆地上路了，路灯虚弱地睁着眼睛，好像熬了一夜也困了似的。好累，真的，你也一样吗——穗，隔壁的穗？有时会有想哭的冲动，但也讨厌这样的自己。总觉得人生还是忙碌得没有太多时间来自怨自艾。

直到有一天，麦冲到了穗的教室拉出她一口气冲到操场上，说，我要走了，离开这座城市。她的声音很轻，可是很分明。“可是……然而……那么，还会回来吗？”穗听到这样地话，愣了一下，哽咽了。临了，穗说：“麦，你会幸福的，我祝福你。”

这天正是学校秋游的日子，下了车，雨已经停了。可是，冷雨在车窗上留下的痕迹尚未褪去，一道又一道，把窗外的世界割得支离破碎。这是秋天被雨水刚刚冲洗过的干干净净的郊外风光。然而，泪水滑入嘴里的苦涩却残忍地提醒着她们去接受这再真实不过的疼痛。和当初选科时相比，她们彼此痛得更清醒，更活生生。麦和穗木然地窥视着这橘色的黄昏。

毕竟，眼泪是这世间一场无声无息的大雨。上帝啊，请让时间不要走，请为我挽留，挽留我最重要的朋友。请您老人家一定给我这个机会，请让麦听见我的挽留后，再次张开她可爱的大嘴巴，开心地笑起来……好吗？

在飞往另一个城市的飞机上，麦在日记中写道：“噢，都忘掉吧，让我们各自都留有空间，去成为一个全新的自我。穗，一定可以的，是吗？”手指不自觉地用了力，笔尖划破了纸。是该好好收拾一下心情的时候了。

穗独自一人徘徊在热闹的街市，她在喧哗里寂寞、眩晕……夜幕像黑纱般将整个城市笼罩，原本属于夜晚的寂寞将它慢慢吞噬——是你，麦，是你让这座空荡寥落的城市忽然变得繁花似锦。你知道吗？有一个人，在默默地感受着你停留在这座城市的余温。麦，你留下的是“一年”这个时间口袋装载不下的幸福和思念……

夜深人静时，穗望着陌生的天花板。有泪从眼角缓缓地流了下来，痒痒地朝耳朵后面去了。原来，我也高估了自己，剩下的只有空荡荡的失落。其实，对于对方我们都很重要，至少，麦，你对于我是这样的。

这一年的秋天突然变得那么萧索，树叶早早地就脱落了。而麦的心也提早进入了冬季。我以为我很潇洒，我以为我放得下，其实不是的……

有人说，只要是分开了的人，不论原来多么熟悉，也会慢慢变得疏远，这是不可控制的事实——麦和穗可从不这么认为。她们坚信彼此，彼此间的默契和信赖。

麦摇摇头，时间真是个令人讨厌的东西，它不经任何人的同意就任意改变一切——我不再是从前的我，穗也不再是从前的穗了。如果说穗是上帝赐给我的礼物，那么现在上帝要吝啬地将她收回了。可是，倘若真是那样，我宁愿相信她不是！过年了，穗看见窗外陡然升起的艳丽烟花在高空中绽放，是那么雍容的流光溢彩。那年的冬天，这座城市变得异乎寻常的冷。

……

她们曾经用心地在一起，然后又漠然地分隔异地，活在各自的世界里。她们都在岁月的流逝中不断成长，沿着各自不同的轨道，义无反顾地前行着。她们的轨迹曾经相交过，或许，在多年之后，还会再次相交，抑或不会再相交。但至少她们拥有过一段纯真的友谊，这就足矣！这是一段值得她们珍藏一生的记忆。

不论是麦还是穗，这些对于现实的她们是并不久远的记忆，却也显得弥足珍贵！

猪猪快跑

谢冰清

我们伟大的厉害的变态的朱自在——猪猪同学，可以说是十项全能，七窍通了六窍，还有一窍不通。虽然他风度翩翩才情不凡玉树临风气宇轩昂兼博学多才，但就是有一项非常致命的缺点，这是他心口永远的痛也是我心中永远的喜悦。

这个猪猪，他真的像猪，不，是像蜗牛。人家12秒就能搞定的百米短跑，他竟然能跑出1分钟的成绩，就像钉子把他的脚钉在地上一样，他是一个很典型很典型的运动白痴。就算是打篮球，他也是跟在于磊后面捡捡球而已。

全地球人都知道，猪猪他是个运动白痴。白痴啊，我坐在座位上想着猪猪百米短跑的搞笑镜头。

“橘子皮，你发什么神经啊！”猪猪和于磊不知道什么时候移形换位到我身边了。

“没有，没有。”我干笑两声，掩饰我心头的喜悦，“听说这次补考再不及格，猪猪你就算德智美劳全发展，还是要碰个软钉子。”

猪猪看看我，又看看于磊：“你们两个笨蛋还不想想办法？”

什么态度啦？求人至少要说点好听的话嘛！我白了他一眼，正想开口说没办法，没想到于磊这个重友轻色的家伙竟然说：“再不行的话就集训吧！”我敢肯定，于磊绝对是什么《灌篮高手》或者是《足球小将》看多了，以为练跑步就一定要集训什么的。虽然放假7天，可我还要逛街上网看小说看电影，再到星巴克喝咖啡呢，尤其是猪猪答应带我去吃巴西烤肉，这下全都泡汤了。

明天开始集训，今天还没有想出好的训练方法。我懒懒地躺在外婆家的床上看电视。猪猪和于磊也很用功地在一旁钻研电视里的幽默笑话：一个大肚子的胖子想要减肥，于是他出门，在街上，他走到一对你侬我侬的情侣身后，哇！他做了什么？他竟然用力地打了那个女子一下。于是鸡飞狗跳你追我跑，就这样十几分钟时间看他们你追我跑的。突然就看见那个男人的肚皮竟然消失了……

第二天一早，我被他们拖了起来。于磊叫预备了，猪猪站在我旁边朝我神秘莫测地笑。我的心七上八下不知道要发生什么事情，只听见一声："跑！"猪猪就用力拍了一下我。

敢打我？找死？我迈开飞毛腿轰轰地就冲了上去，两步三步就追上了猪猪，用力扁了他两脚："死猪臭猪笨猪大猪头！"

这只猪被我扁过之后很安分地又开始跑了，我这个陪练的怎么也要继续。于是我扁着嘴白了猪猪几眼，又拉开架式准备再跑几圈。

结果这个不怕死的猪猪又用力捶了我一下，于是我四五步又追上了猪猪，抡起拳头继续扁……

N次后，臭猪头用力压了一下我的鼻子，本来就够扁了，被他一压就惨不忍睹，我追上他，累得我不顾淑女形象就瘫倒在地上。

"好样的猪猪，你总算达标了！"于磊兴奋地说。

一语惊醒梦中人，我终于明白这是昨天那个电视减肥笑话带来的灵感，早跟我说不就成了？累得我腰酸背痛的。

我们终于重返学校，同时也代表了新学期的开始。

只不过7天不见嘛，搞得生离死别似的。我万分惊奇地看见几个女生把我们的猪猪围在中间。其中有个女生很神奇地变出一朵花："猪猪，你一定能够达标的！我们每天都有为你祝福哟！"

还不是靠我这7天为他恶补，否则他只有0.01%的指望才能达标。不过经过我为他恶补之后，他可能会有1%的希望合格的。

终于到了补考时间，我和于磊站在人群中也差点热血沸腾，这种激情就跟我们在世界大赛上得金牌的感觉是一样的，甚至有过之而无不及，要知道我们可是花了7天时间给猪猪进行了地狱式的集训，虽然看起来我更像在地狱里做生做死的可怜灵魂。

"预备！跑！"老师的手势高高抬起，低低落下。

我们猪猪同学像离弦的箭那样飞了出去，只可惜心有余而力不足，两条腿跑得还没有手挥得比较快。

我心中满腔怒火就等着喷射出来，想辜负我七天的辛苦努力吗？于是我扯开嗓门喊："猪猪快跑！不然小心我扁你！"可能是吓坏了，猪猪同学立刻有了那七天里的惯性动作，跑得飞快，一下子就冲到了终点。

"16秒！及格！"老师的苦瓜脸立刻笑开了花，第一个叫了出来。

"耶！""猪猪你及格了哟！"一大群女生涌了过去。

"疯了疯了。"我喃喃自语，拉拉于磊："你还凑什么热闹啊，我肚子饿了。"

"那就去吃巴西烤肉吧！"于磊说。

太阳打西边出来啦！于磊说请我吃巴西烤肉？"蒸的煮的？"

"蒸的。"他扬扬手上的钱包："从猪猪那里挖来的，先吃了再说！"

"猪猪，快跑！"我们大声朝猪猪叫唤，就看见猪猪从女生堆里万分努力地挣扎出来。

他开始跑了！

无敌青春林小洌

佚 名

一

一直以来我都坚持着，第一次见到林小洌的场面只能用四个字来形容——“蔚为壮观”。我说给她听的时候，她倒是一副“人家哪有”的表情，楚楚可怜的样子，足以让不知她底细的人以为我在欺负她。可我夏沫朵对天发誓，我之所以敢这么跟她坦白，那是因为我们的关系达到了钻石级别，要是别人，恐怕早已惨遭她的毒手。

那是高中入学的第一天，在作了N次开学宣言后，我调整好面部表情，正准备踏入高一（7）班的教室，却听见里面传来了高分贝的女声——“你再给老娘说一遍？！”我一愣。抬头看见一个瘦瘦的女生，穿着粉色与白色相间的淑女裙。长得倒也可爱漂亮，可问题的关键是她正怒气冲冲地瞪着一个男生，而这个男生被她一只手掐住脖子，另一只手摁住了胳膊，趴在桌子上动不了。她可能是太专注了，竟没注意到，教室里所有的人都盯着他俩，而且表情都格外丰富。

而当我认识到另一件事情的时候，我的心跳就“噌”地升到了120——教室里所有的位置都有人坐，除了那个女生旁边。

我深吸一口气，佯装镇定地挪向那个“危险地带”。天知道我的小腿有多颤抖。我闭上双眼，恳请上天可以垂青于我，让我不至于英年早逝。

“我……坐……这里行吗？”我小声地问。不敢抬头看她，生怕她心情不好冲我吼一句“你给老娘滚一边去”之类。而下一秒我则想恳请上帝杀我一次了。因为她转过来极淑女地冲我笑着说：“坐啊。”

那一瞬间我的大脑沦陷得只剩下一句周星星的台词：人生的大起大落实在是太快……

和林小洌坐同桌的前三天我都没敢先发话，因为害怕她平静的外表下那一座待发的火山，冷不防把岩浆全喷我头上了。所以她说什么我都“嗯、嗯”地应着。如果那时的她是紫禁城里的格格，我就是那对格格百般依从的小婢女。

第四天，课上英语老师还在进行“have been doing”讲解的时候，林小洌突然凑过来：“嘿，我看上你了，想逼你做同志。”声音甜美柔和得不像话。我内心的警戒指数噌地就上去了，她倒一脸真诚。我盯着她看了半天，最后念在她看起来没什么“恶劣的城府心机”的份上，在她的“逼迫”下做了战友。从此奏响了革命的进行曲。

相处久了，才发现林小洌并没有多么可怕，而是更像个小孩。喜欢和美容有关的东西，喜欢Sweety的歌，喜欢粉红色和草莓蛋糕。另外，她成绩好得简直让我以为她是从火星上来的，并且钢琴已经在她8岁时就过了10级……而我琢磨着我8岁的时候还在对着糖果痴迷。当我了解这些而且可以直接敲她的头并且不用害怕被揍的时候，已经是12月了。

学校开始忙着元旦会演。而林小洌则每天像个孩子似的跟在我后面大喊大叫：下雪啊下雪啊圣诞啊圣诞啊。然后冷不丁冲我喊一句：“沫朵，你喜欢什么圣诞礼物啊。”

“嗯，书啊。比如《圣经》之类的。”

“《圣经》？”她叫着。屁颠屁颠地跑到我面前，一脸稀奇地看我。然后突然低下头，沉沉地说一句：“文化得很呐……”

12月25日那天，星期日。早上5点30分，电话就杀猪般地嚎叫起来。我睡眼惺忪地看了一下号码，然后深吸了一口气拿起电话刚要骂人，小洌的声音已在千分之一秒内响起：“我知道你现在肯定憋着一口气但是麻烦你把它吐出来不要生气也不要骂人我知道这么早打扰你不好但今天是圣诞节啊我这么早打电话给你其实你应该感谢我不是……”

我认输。于是轻叹口气，等她把话说完。最后的最后，我问她：“干吗咧？”“夏沫朵同学，下雪了。”

穿好衣服，拉开窗帘的时候，真的看到白雪覆盖的城市。暗灰的天色。飘飘散散的雪花飞扬着，零落着它的心情。然后，我看到楼下穿粉色外套冲我挥手的林小洌。脚边放了一个粉色的大盒子。“沫朵，开门啊！”她大叫。

她进来时一边跺脚一边喊：“啊啊啊好冷啊……”然后将那个粉色的大盒子塞给我。

“圣诞礼物哦，拆开看看。”我遵照林小洌的旨意在拆掉了27层粉红色的包装纸之后才终于看到一本36K大的书，黑色的皮革封面两个烫金的字：圣经。

我抬起头愣愣地看向她，她眯着眼睛冲我笑，脸颊红扑扑的，“我厉害吧，嘿嘿……”

我盯着她突然有说不出来的感动。因为《圣经》一般只有在教会里才会有的。都不知道这么冷的天，她从哪里买来的，跑了多少路。

“我坐了6个小时的公车啊……到乡下的教堂里买到的哦，呵呵。”她说得一脸轻松，好像6个小时是吃草莓蛋糕吃过来的。

那一天的结果是我很感动地请林小洌吃了一个大大的草莓蛋糕。她抹着嘴巴舔奶油的样子真是可爱。

二

有一阵我对隔壁班的许秦特别着迷。谁让他生来就一副王子样。凌乱的碎发，麦色的皮肤，长长的睫毛更是让我嫉妒万分。我用胳膊肘撞林小洌：“哎，他怎么样？”

“一般般啦。没有我青春无敌林小洌漂亮哦……！”我就横她一眼不再理她。心想：王子啊王子，怎么样才能和许秦认识呢。

2月14日，早晨我一到学校就看到桌子里放了一个盒子。林小洌歪着头看我，一脸坏笑。拿出来时从底下掉出来一张纸。打开一看，把我吓了一跳。那竟是张A4的打印纸，上面竟是标准的20号宋体打印字：

夏沫朵：

祝你快乐。

许　秦

拆开盒子里竟是满满的Forever巧克力。

然后就听到林小洌的怪腔调：收到巧克力了呗……

我瞪了她一眼，警告她不要讲话，然后迅速写了张字条递过去：

下课后去天台。

她看完后又抬头看我，一脸疑惑。

下课后我拿着巧克力和那张纸到了天台，林小洌跟着跑来。我把巧克力放在石阶上，然后拿着纸对她语重心长地说："林小洌同学，拜托你下次送东西不要这么俗。一张大白纸打那么几个破字，还用'许秦'的名字，真够没创意的……"

"啊？你怎么知道是我……"

"笨蛋！你是猪吗？！"

"可你怎么知道的，还有你为什么骂我猪？"

我语重心长："林小洌！骂你猪真的是抬举你了，你简直就是猪的耻辱！"她极其郁闷地看了我半天，最终幽怨地吐出五个字："不许侮辱猪……"

我们一起大笑起来。我一边撕着那张纸一边对小洌说："这种白痴的作风只有你才想得出来……"然后我将那张撕碎的纸扔向天空。

10秒钟后听到楼下年级主任的吼声："谁在上面扔纸？！"我拉起林小洌就跑。

"喂。沫朵，你不是很喜欢那个许秦的么……"

"谁告诉你的？我只是觉得他像我丢的那只猴公仔而已。"

"什么？！猴子？！……夏沫朵！你可恶！快还我巧克力来！……"

其实很久以后想起那天来，一样会对身边的林小洌会心地笑。总觉得她是上天派来的一个快乐的天使。真的是，快乐的，天使。

三

春天不紧不慢地走着。我和林小洌的友谊主旋律就像春天的绿意，越奏越响。

第一次月考后，学校难得放了两天假，可假期第一天，我就在睡意蒙眬的时候看到林小洌拖着大大的行李箱站在我面前。我从床上噌地跳下来，紧张地问她受了什么刺激。她那阵势都有下一秒会哭出来的可能："夏沫朵！我这次考砸了。所以，来你家避难几天……""别急别急，你慢慢说……"

后来我总算听明白了。林小洌所谓的"考砸"了，就是从年级前三名降到了年级第十三名。我听完后差点抽过去。比起我一直在年级七十多名徘徊的名次，那是连做梦都梦不到的。

林小洌最后还是被我送了回去。叔叔阿姨也没有责备她的意思，林小洌这才大舒了一口气。我看着她突然发觉，大大咧咧的林小洌，也有认真的时候呢。林小洌就难得的看起来努力奋斗了一个月，连老师都疑惑这孩子是不是遭什么变故了。我看着旁边的林小洌，心想原来她是很上进的人啊。突然发觉她认真的样子更可爱。

最终林小洌在期中考试中取得了年级第二名，与第一名只差了0.5分，为此林小洌是有一些小小的怒气。为了打消她的怒气，我又搭上了一个草莓蛋糕。

随后就到了"五一黄金周"。5月1日早晨6点，我就接到林小洌的电话。她说："沫朵啊，五一我打算去咱首都看看啊，要不长这么大都对不起党和人民啊。8点火车哦，你千万不要带草莓蛋糕来哦。千万不要来哦。"电话这边我一脸的郁闷。

送林小洌上火车的时候，我送她一个大大的草莓蛋糕。她一脸坏笑地看着我。我说："我要想你了怎么办呢？"然后一脸痛苦地看她。估计表情特矫情。她腾出手来拍我的肩膀说："干吗咧，又不是送我去前线打仗，至于嘛。笑一个。老娘去去就回咧。"

然后她头也不回地往车厢里走。我在后面骂她没良心她也没回头。

5月8日早晨8点。记不清这是林小洌第几次吵我美梦了。拿起话筒就听到她欢天喜地的声音："本公主今天摆驾回朝了，草莓蛋糕候着。不要多，两个大的就够了。"

我晕……

挂了电话后，已没什么睡意。我下床走到窗前。拉开窗帘，外面是葱郁的绿色。在阳光下透着柔润的光泽。原来夏天已经真正意义上来了，并且势不可挡地到处兴风作浪。

我突然想起林小洌怪腔怪调地说："我是林小洌哦，无敌青春林小洌哦。"

我对着阳光笑了。

你东南，我西北

紫灵幽蓝

超级无敌全能霹雳霸王花

天啊，救命啊，满地的老鼠都爬到我的脚上啦，更惨的是，对面正跑来一只巨大的恐龙，张着血盆大口也冲了过来，怎么办，我怎么会悲惨到如此的境地，不行，我一定要摆脱这种困境，于是，我摘掉了眼镜，一切就这样结束了，可椅子还在摇晃，眼前仍然不停地有水喷射出来，这是我长这么大度过的最艰难的15分钟。

出了3D电影院，我深吸了一口气，陆西北递给我一杯可乐，看着我满头大汗他竟然笑得很酣畅。“冯冬楠，你胆子也太小了，至于吗，你不是咱们班的“超级无敌全能霹雳霸王花”吗？没想到你也有害怕的时候呢。”

我白了他一眼，“陆西北，你可真讨厌，我再坚强也是个女孩子吗！一点都不懂得怜香惜玉！那样逼真的场面有哪个女孩子能不尖叫啊！这个时候你要非让我塑造淑女形象的话，那一定是逼小猪上树，让恐龙复出！”

陆西北作呕吐状。“冬楠小姐，你要是淑女，那我就是才华横溢的白面书生！”

这回轮到我作呕吐状！这就是号称和我“青梅竹马”的陆西北，总是用最天底下最恶毒的语言打击我，他说我们的相遇简直就是个奇迹，连名字都那么有默契，把东南西北都占全了，只是一个东南，一个西北，方向完全背道而驰，如果有相遇，那我们就一定得在一条直线上，奇怪的是，我们一直都有交点，因为我们在高中又相遇了，而且在同一个班。传说前世500次回眸才换来今生的一次相遇，所以陆西北说，我们俩上辈子一定什么都没干，肯定是每天做两两相望状。他每次说到这，脸一定会被我飞出去的书包等武器打中。因其长期在我的压制下生活，所以我才有了“超级无敌全能霹雳霸王花”的美称，这都是拜陆西北所赐。可是不知道为什么，这样的高中生活我喜欢。

CBT的突然来袭

“陆西北，快来给我讲讲这道化学题。曲文，你先到陆西北那座位上享受一会去。”

晚自习我总是对他们俩吆五喝六的，曲文说我是想借着让陆西北给我讲题的机会接近帅哥，探察情况。也不能怪他这么说我，因为晚自习上串座的基本都是江湖“情侣大侠”，所以被误会是正常，只是我突然有点贪婪这被误会的感觉，虽然很多人认为，陆西北一定不会喜欢上我这样的“问题女生”，可青春岁月里，谁又知道会有怎样的奇迹发生呢?

陆西北讲的是什么我根本没听见，我只是看着他英俊的半边脸发呆，我想我是不是开始有点喜欢他了。我正在陶醉着，只见串座的人迅速移动位置，楼道里传来嗒嗒的声音，一定是老班来了，全校“四大名捕”之一，在学生中号称CBT女巫。

CBT看着我们还没来得及摆正的桌椅就知道发生了什么事。“实话告诉你们，班级里的微妙情况我可是掌握得一清二楚，不要跟我捉迷藏，你们应该把心思放在学习上，让你们的家长还有我都省点儿心，以后再发现谁晚自习串座那就得找你们家长来陪读啦！陆西北，作为班长你要以身作则，先管好你自己。”CBT义正词严地说着道理。

老班刚回办公室班里又恢复了原始状态，我又把陆西北呼唤到我身边来坐，我问他，“如果有一天我喜欢你了，你怎么办？”他作呕吐状，然后说：“那我就到跑到埃菲尔铁塔上去自杀。”我一边很暴力地拧他的耳朵，一边觉得心里有些痛，心里一朵朵花瓣落去，其实我想说，陆西北，看来，我真的开始喜欢你了。

从此讨厌平行线

又是一个艳阳高照的星期天，今天我兴奋，因为韩晓露过生日，好多人都去参加她的生日party，我也在被邀请之列。她可是顶级美女，永远都光鲜照人的，我时常在想，什么时候有一天我也留着飘逸的长发，头戴粉嫩的发卡，手捧男生送的鲜花矗立在校门口，到那时，我一定也会像骄傲的公主一样，接受来自四面八方羡慕的眼光。

我的思绪还在神游，不想撞到一个人怀里，抬头一看是陆西北，他张口便说："不是冤家不聚头啊。"我瞪了他一眼，直接走进了本市最豪华的大饭店。韩晓露就是那么阔气，谁让人家老爸是房地产商呢。我们一大堆人吃饱喝足开始K歌，顿时包房里传来各种狼嚎的声音，可不知道怎么的，在跳跃的闪灯之下，我看见好几对在悄悄牵手，我脸有些烫，不知道是因为刚才喝了一杯啤酒还是因为我看到了那么多将要迸发的爱情小火花，总之有点不自在。

我跑了出来，可在转角，却听到了这辈子第一次让我难过的话。

"西北，你真不喜欢冯冬楠啊？"

"别开玩笑了，我只把她当哥们儿！"

"我看你们总在一起，我还以为你们真的好上了呢！"

"我可没有那闲情逸致，学习还没弄明白呢，哪有别的心情，再说，就是我真的想喜欢一个人也不可能是她，一点淑女的样子都没有，我们两个就像两条平行线，永远都不可能有交点的。"

这一次，我突然觉得心里真的很疼，我从此讨厌平行线。他们转身，我与陆西北的眼神相撞，我紧咬着嘴唇，强忍着不让自己的眼泪掉下来，我知道，从此以后，他将会在我的视线里消失了。

你东南我西北

一年了，我一直都没有跟陆西北一起上学放学，我再也没有问他化学题，再也没有抢过他的肯德基优惠券，再也没有和同学吵架暴跳如雷，我留起了长发，戴上了文雅的眼镜，夏天开始穿裙子，冬天开始穿皮靴，我彻底把自己从一个“问题少女”变成了“窈窕淑女”，从鬼话连篇变得默默无闻，我把自己置身在题海之中，成绩一上再上。父母乐了，老师笑了，同学们说我疯了，我却坚定地说，我变了，但我不快乐。

陆西北一直都没有主动跟我说话，但我知道，每次在回家的路上相遇时，他总想追上来说点什么，但我一次这样的机会都没有给他。

要填高考志愿了，我故意拖着，我要知道陆西北想去哪里上大学，后来我在老班那知道，他报考西北政法大学。我回家后，毅然决然地填报了南京东南大学，既然想成为平行线，那就让我们一个东南，一个西北吧。看着那张报表，我突然很想笑。

陆西北的秘密

氤氲的天气里终于结束了高考，我所有的神经突然放松下来，这天夜里下起了大雨，我喜欢雨天，但我也很喜欢星星，于是我在窗户上画满了星星，看着窗外的雨，还有那雨中的路灯，我突然想起了陆西北，不知道他在这个下雨的黑夜在忙些什么呢？

我打开了很久都没有更新过的博客，发现有留言，是悄悄话，我输入密码点击进入，是一个名为“带翅膀的流星”的网友的留言：

冯冬楠，我知道这段时间你一定不快乐，要不然，你不会失掉那么天真的笑容变得沉默，其实，我还是喜欢看你穿有洞时尚的牛仔裤，背好大的运动休闲包，梳着刺猬一样的短发，然后在课间大声地讲笑话。你讲义气，够善良，总是带给身边的人好多快乐，认识你，我终于知道友谊对于一个人有多重要。

那天韩晓露过生日，我知道你在拐角，我故意说那些话让你听到的，我只是想让你不被一些琐事影响，我知道你聪明，我知道，只要你努力，你一定能考上大学的。也许我的话伤到你了，但我真的希望，你能快乐。

看着眼前的文字，我哭了，因为陆西北。

聚会里眼泪横飞

我是个大方的人，终于又和陆西北同路了，我们今天说好要搞个聚会，大家三三两两带着好多吃的终于聚齐了，就在我们曾经学习过三年的教室里，所有人都留恋地讲过去三年发生过的故事，可讲着讲着，大家却都哭了，我们怀念彼此的同桌，怀念被老班骂，怀念晚自习大家串座谈心，怀念教室窗台上那一盆盆大家亲手浇灌的小花。

我们正哭得惊天动地时却发现门口站着一个人，是老班，她终究也掩饰不住自己的情绪掉起了眼泪。

那天回家，我对陆西北说，友谊万岁！理解万岁！你东南，我西北，但我们是阳光里的平行线，总有相遇的一天。

一起穿越的夏天

李 军

一

2007年的9月，我和凌飞飞终于如愿以偿地双双踏进了本市重点一中的高中部。

某天的下午，阳光好得一塌糊涂，和夏天里的阳光一样好，甚至更加好。于是每个人站在高大的法国梧桐树下都没有说话，炎热像征服了每个人说话的欲望，我也不例外。此刻，我正坐在教师办公室外面的栏杆上，眯着双眼，一边喝着冰镇可乐，一边等凌飞飞。

凌飞飞又被班主任拉去训话了，这已经不是第一次了。居然敢在学校的三令五申下，逃晚自习课去看足球赛。我说这叫自讨苦吃，凌飞飞说这叫我不下地狱，谁下地狱。

当我已经等到快要睡着的时候，有一个女生匆匆地跑过来塞给我一封信后又嗖的一下子跑去了，感觉像周星驰影片里的风格。不得了了，这是一封情信呀！更糟糕的是，居然不是写给我的，而是写给凌飞飞的。

一个半钟头后，凌飞飞才慢吞吞地从办公室里走出来。我冲上去对他喊：“凌飞飞，有个女生要我交封信给你。”凌飞飞这才有点精神，抢过信一看，汗珠就开始从他的额头往下滴，怎么办呀？怎么办呀？

后来我们在学校操场的角落里仔细研读了这封信。决定把信退回给那个女生。当我们千辛万苦找到那个女生，然后我们把信一扔，转身就跑。凌飞飞一边跑一边问我：“我们这样会不会过分了？”我没好气地回答：“那你去死吧。”

二

从初中到高中，凌飞飞的成绩就从来没我的好，不好的原因是因为他很少专心做作业。每次他都会有各种不同的原因偷懒，就连一根头发，他也可以琢磨上半天。还美其名曰：科学家小时候也是爱瞎琢磨的。

凌飞飞是典型的双子座男生，聪明有灵气，但不安分。他最大的爱好就是踢足球。而且踢得还不错呢。每次放学他踢足球的时候，我都会安静地靠在球场边的栏杆上等他。有时候我会问他：你说我是不是有点像电视里的那些拿着矿泉水站在球场边为心仪的男生默默加油的花痴女生呀？这时他就会翻白眼：那些女生有你那么难看吗？

不过最难忘的是那次学校举行的歌唱比赛。那次凌飞飞也参加了，到他出场的时候，他说下面这首歌送给我的好朋友小浪听，因为过几天就是他生日了。那天离我生日刚好还有三天。于是我在下面感动得望着他一个劲地鼓掌。可是他唱着唱着，忽然就不唱了。这时他向观众大喊：会唱的大家一起唱。居然引起下面同学的大声附和。后来他告诉我，他那时其实是忘词了。不过比赛结果出人意料的是凌飞飞同学竟然获得最受欢迎歌手奖，理由是他能热情地带动现场气氛。

三

从初中到高中，凌飞飞就很少和我吵架，什么他都会迁就我，一直我都习惯把他当哥哥了。而且我们在一起的时间足以影响了老师们辨认能力。每次被叫错的一方都会很认真地向老师点头问好，另一个就会在旁边捧着肚子大笑。

6年的时间，许多的东西，许多的秘密，许多的开心、不开心。我们一起分享。记得有一次，他神秘兮兮地跑来告诉我：我们班有一个女生居然肯为我去死。我一下子来兴致了："是谁呀？是谁呀？""就是我们班的学习委员呀。"突然我的心就开始有点不舒服了。这是我这么多年来唯一不肯和他分享的秘密。于是我漠然地“哦”了一声。不过他好像有些意犹未尽：“你听我说呀，我当时在她耳边很投入地唱歌，我以为我唱得很好听，谁知，学习委员居然朝我大吼：‘唱得那么难听，你再唱我就去死。’你说冤不冤呀？”呵呵，原来是这样。

比如还有一次，我们自习闷得发慌，于是逃课去踢足球。正当我们踢得兴高采烈的时候，主任突然从天而降，拉着我们进行了一番高考提前动员教育。看着我们已有诚恳悔改的态度，他才抱着足球喋喋不休而去。凌飞飞又提出异议：“主任，你能不能把足球还给我们呀？”“那可不行！”主任说完转身就走了。于是凌飞飞也转身跑了。当我气喘吁吁追上他，他正在打电话：“喂，你好，帮我点首《算你狠》送给我们的级主任。”很快的，学校的广播站便播放了这首歌。不可思议的是，级主任又回来了，还把足球扔给凌飞飞，笑着说：“你这混蛋小子，下次考试考得好点。”凌飞飞抱着足球呵呵地傻笑。

很多时候我都在想，自己和凌飞飞就像两个相依为命的痞子一样哭哭笑笑，吵吵闹闹地过着一天又一天，如果可以永远都这样，那该多好呀。

四

当我们还在唱着歌挥霍的时候，高考已经在某个时刻以不可阻挡的速度向我们奔来。

“我高考第一志愿是美女很多的学校，第二志愿是美女较多的学校，第三志愿是美女很多旁边的那间学校。”凌飞飞以很认真的态度向我表明他的理想。

这以后凌飞飞真的开始为他的理想认真读书，是那种很下死功夫的认真。望着突然变得安静的凌飞飞，很久以后，都会让我刻骨铭心地想起当初那个整天乱跑的少年。于是我也开始收心读书，再也没心情去捣乱捉弄了。有时候即使聊天，我们的话题也开始有忧郁的情绪了。

“凌飞飞，你说人和人的感情会恒久吗？还是说彼此在一起的时候就很开心，而一旦分开就会很快忘记，然后就有新的朋友，开始为新的事情开心或难过，很久都不会想起以前的人？”“不会的，不会的。我在想，如果有一天我去流浪了，我肯定会带上我家的小狗和你一起走的。呵呵。”“你说什么？什么你家的小狗和我呀？”

傍晚的夕阳照在我俩的脸上，有种淡淡的金黄。

五

凌飞飞终于还是没有去到美女很多的学校，而是去了北方一间很有名的大学。倒是我来到了这间美女很多的师范学院。他说这是因为上帝没戴眼镜。

半年是个不短不长的时间。可以凝滞如昨，也可以物是人非；可以故地重游，也可以旧梦不再。这半年来，我经常一个人吃饭，一个人看书，一个人躺在球场上看天空飘过的朵朵白云。偶尔也会掏出凌飞飞寄给我的照片。照片上的他站在白雪茫茫的校园里，依然还是那张稚气未脱棱角分明的脸。

他还会经常打电话给我，他说你还好吗？你要好好照顾自己。听完，我的眼睛就开始有点发胀，我想告诉他，我很寂寞，很寂寞。可是我还是笑着说，我很好，我很好。你后来是不是又跑去向那个给你写情书的女生道歉了？原来班主任是你的舅舅呀？不过他只在那边呵呵地笑，你以前不也偷偷喜欢过我们班的学习委员吗？

哈哈，原来大家打成平手。

阿呆记事本

风叶飘零

阿呆，本宿舍成员之一，乃青蛙帅哥一个，我之所以叫他阿呆，是有原因的。因为他长得帅，吸引了学校不少无知少女的眼球，而且颇有点饱汉不知饿汉饥。所以我妒忌他，决定帮他起个很难听的外号——阿呆。并且要把他的“丑行”一一揭露。哈哈哈。

“心情不好”的阿呆

某日下午，阿呆躺在床上，我看见，甚觉奇怪，究其原因。他说他失恋了（恋都没有何来失呢）。他曾经告诉过我他好多好多次失恋了，然后我就给他讲了很多很多遍《狼来了》的故事，并告诉他谎话说多了就没有人相信了。谁知，他还是死性不改。于是我恨铁不成钢，把他拉进厕所里关了起来。“可是人家真的心情不好嘛，为了避免有人问为什么，所以只有说失恋喽。也许到我真的失恋了，就不用说失恋了，而是说心情不好。我其实也是为了将来的失恋做好准备，到时或许就不会那么痛苦了。”

想拿哥们儿开涮可是不行的。我告诉他：二哥很生气，后果很严重！不过对于阿呆这种蒸不熟、煮不烂、响当当的一粒铜豌豆来说，威胁是一时半会儿无法起到预期效果的。最后，我看他用心良苦，一时过意不去：“好吧，如果你强烈要求的话，我倒也愿意牺牲一点宝贵时间安慰一下你。”“如果你硬要安慰我的话，我也乐意接受的。”

分明就是煮熟的鸭子——嘴硬，决定关他在厕所半天。

老丢东西的阿呆

又一日，阿呆的饭卡丢了。很快的，饭堂门前就出现了这样一张海报：曾经有一张珍贵的饭卡摆在我的口袋，我没有去珍惜它，当我失去它，肚子喊饿的时候，我才发现它的珍贵。如果上天能多给我一次机会，让拾到它的人归还给我，我一定会对那个人说三个字……

结果，饭卡在贴出海报的 4 小时后，安然无恙地物归原主。由此，我们相信了广告的魔力。并因此决定，以后与阿呆合伙开一间广告公司。如果将来你们发现了这样一家公司，不要迟疑，正是我们开的，记得光顾喔。

不过，阿呆并没有好好珍惜那张饭卡，它再次失踪了。于是饭堂门前又出现了这样的海报：将饭卡寻找到底——我遇到猫在潜水，狗在攀岩，没有找到你；我遇到夏天飘雪，冬天下雨，还是没有找到你；连我遇到的猪都会爬树了，你还是没有出现……

不幸的是，饭卡再也没有回到阿呆的手中，不过这并没有打击我们开广告公司的信心。因为我们深深地懂得：失败是成功的妈妈。万幸的是，由于这两张独特风格的海报贴出后，凡认识阿呆的人，见到他都会关心地问一句：饭卡找到没？凡不认识他的人都在奔走打听，阿呆究竟是何方神圣。一时间，阿呆成了全校的头号人物。

失恋的阿呆

有一天，阿呆又躺在床上了，我再次究其原因，他却毫不理睬，双眼呆滞地望着天花板。我向旁人一打听，原来这次他真的失恋了。

在他不吃不喝躺在床上41个小时后，我决定担负起拯救阿呆的艰巨任务。当我说了N次“不要为了一棵树而放弃整片森林”和“世界是美好的”后，他依然无动于衷，一动也不动，活像个古埃及的木乃伊。最后我不得不请出堪称本年度学校最豪华的阵容，包括：情圣、情痴、情怪以及情场一棵草等对阿呆进行说教。

高手们个个汗流浃背地望着阿呆，纷纷摇头叹息：“哎，问世间情为何物？一大好青年就这样毁了。”还不忘对我说：“节哀顺变吧。”但是我身为他的兄弟，岂能见死不救呢？终于我忍无可忍使出了我多年没用过的绝招“连珠炮”：“你还是男人，就给我站起来，不要为了一个女子把男人的脸都丢光了。你这样子对得起我，对得起爸爸妈妈各位父老乡亲叔伯姐妹，对得起党，对得起国家吗？”一口气说完，四周死一般的寂静，气氛一下子变得紧张起来了。突然，阿呆一个鲤鱼打挺跳将起来，再一个轻纵翻身下床，拿起毛笔，在纸上大笔一挥“爱情如鸡肋”众人大倒，有人惊呼：“从此，又一高手将现江湖。”

唉，这就是我们的阿呆！

我的野蛮女同桌

书光头

有种友谊叫打斗

同桌是我整个高三的同桌，我说：“同桌你是我们班很多男生的阴影。”同桌不承认：“怎么可能，我这么娴良淑德。”我嘴角侧弯，冷笑三声说：“这个结论是有客观的统计数字作依据的。”

同桌外表特别温柔娴静，视觉上给人塑造一种弱不禁风的假象。我说：“同桌你特别虚伪，明明内心那么残暴血腥，还长着一张楚楚可怜的脸。”同桌白我一眼说：“你还不是一样！”我说：“我可没你虚伪，我外表和内心都一样残暴血腥。”

那个时候，我的整个人举手投足都充满了霸气。根本不屑当女生，和同桌过着一种武侠式的刀光剑影的生活。

“同桌你以后要是日子实在过不下去，可以尝试着去出书。”同桌眉开眼笑地以为我夸她文采好，但是还是客套地跟我谦虚下说：“哪里哪里，我那点文化出的书谁要看啊？”

我说：“同桌书名我都帮你想好了，叫《刀光剑影24式》。同桌你绝对有武术的天赋，你随便比划比划都能置人于死地，以后整理整理你的武打思路，肯定是新一代的杨紫琼，女人界的李小龙，中国功夫发扬光大就要看你了啊。”

同桌听出我又在讽刺她，马上挥右拳朝我小腹左下侧打去，说时迟那时快，我及时伸出左手按住她的脖子，化解了这致命的一击……

我和同桌的友情就是在这样肢体和语言上的互相攻击里培养起来的。我们坚信有种友谊叫打斗。

强盗的天赋

同桌用她的整个人生在诠释一种叫“强盗”的角色。她抢起东西来特别不跟人客气，特别放得开，都是抱着“我不入监狱谁入监狱”的心态在抢。她会以“借”的名义抢走我们班黄麓的周杰伦新专辑，一直听到周杰伦下次出专辑再还他，并且同时“借”走更新的那张专辑。

有一次我们买同样一条邦威裤子，她问我的多少钱，我说不是统一标价99元吗？同桌说我的只要80元。我说：“为什么啊，邦威最近歧视像我这样胖一点的？”

同桌特别骄傲地跟我说事情的经过：她试那裤子，觉得挺好看，就跟老板说：80元吧。老板说：不行啊，我们明码实价的，不讲价。她说：我不管，我身上只有80元。老板说：要不你回家拿，我先帮你包好？她说:我回了家也只有80元啊，就这么决定了哈，下次我多带人来买！于是她就直接穿着那条裤子走出了邦威，特别豪爽地留了80元在柜台上。

我问：“然后呢？然后呢？”她说：“老板特幽默，追出来问她要不要袋子。”

读书，我们很业余

我和同桌，没有一种专业的读书人应该有的职业操守。

我们永远会迟到，正常的时候就踏着铃声进教室，发挥超常的时候就迟到个十几分钟。

每次发完考卷以后，我们会去跟老师借个5分10分的凑个及格，说下次再还，下次继续欠到下次再还，老师说：“这挺没意思的，是多少分就多少分，没什么好借的，重要的是你们真的懂多少，不是考了多少分，我可以给你们满分，但是这样得来的分数你们会开心吗？”

然后我们想也没想就说：“老师，这样我们就会特别开心。”“主啊，原谅我们这些被分数压迫大的孩子吧！阿门。”老师想了想觉得不忍心，于是我们每次都会及格。于是每次看我们拿考卷走进公室，会读书的同学都会说：“看吧看吧又去骗分了。”

然后我和同桌就会特别有骨气地说：“我们才不要死记硬背呢，我们这叫智慧型得分。”

我们成绩不好，可是我们也没有自卑到觉得自己太笨，只是因为我们的爱好不在读书而已，我梦想以后成功地转型为美术生，走上了我喜欢的路。同桌也喜欢画画，可是美术生在很多人眼里只是一些坏小孩的群体。

她的父母没能理解她的爱好。同桌的父母像很多父母一样已经策划好了孩子的一生。

临近高考，同桌读书读得很辛苦，根号开根号，函数反函数弄得同桌头晕脑涨，神志不清。我看了很心疼，同桌很喜欢笑，可是没时间笑，同桌喜欢写作，可是现在没时间写作，同桌很会唱歌，可是高三的学生真的有太多太多的事情要干，连基本的爱好都是很奢侈的事情。

我很幸运，逃过这劫，毕竟学自己喜欢的事情得心应手很多。

高考，我是个旁观者

我们每天上课都要看见学校贴着叫学生乐观向上的标语，可是老师一上课都是告诉学生今年的高考形式比去年严峻了多少，考生多了多少万，工作越来越难找……

老师也没错，他想让我们更努力一点，可是这样的开场白，无论再乐观的人，听了都会觉得未来很渺茫。我安慰她说，很快就会好了，熬过高考上了大学，就一切都好了。同桌冷笑：还不知道能不能上大学呢。

我心里酸酸的，我的同桌是乐观的，但是高考真的挺无奈的。

可爱的同桌

3年很长，可是这3年，我只有一个同桌，她没什么志向，很爱漂亮，可是又粗鲁，喜欢周杰伦，不喜欢学习，上课老睡觉，睡觉老流口水……可是同桌很可爱，她很真实，至少在我眼里，她比很多人有血有肉。

胡桃和水蜜桃

雨竹轻飘文

C调

我拿着一把尺子趴在地上量一只蚂蚁长度的时候，感觉屁股被谁狠狠踹了一脚。我刚要发火，就听到一个甜甜的女生在说：老师好。于是，我立马装作系鞋带。

高三是窒息的，是最后的冲刺。那个胖胖的班主任曾经把我叫去耐心地教育了一番，大体意思就是说：早就听说你是很有个性的孩子，但是高三了，很多事情要收敛一点……

我不知道什么叫个性。我只是做着自己喜欢的事情，然后在一本破烂不堪的本子上，写下我的研究报告——比如今天的《蚂蚁身体长度与体力实验报告》。天使一样的她的一脚救了我。不然老师看到我在量蚂蚁，一定当场气晕过去，而后果不堪设想。

老师走了以后，我对她伸出了友谊的手。而她对我微笑了一下，给了我一个大大的拥抱。说实话，那个拥抱很温暖。我林新和小美就算认识了，就算混在一起了。从此两个疯丫头一起出双入对，羡煞旁人。

#升调

“晴天霹雳，我认识了你！从此生命全是惊喜。”小美在纸上写给我。我给她一个批示：滚！她对着我笑，那叫一个天真烂漫。然后她用从来没有的认真说：我们一起写东西吧。

于是我们两个“文学青年”凑了5块钱，买了一本高级的本子，准备用来装载我们的大作。然后她又说，我们应该起一个笔名。我抱着我妈刚给我送来的桃子罐头吃得不亦乐乎，就顺口说，我就叫水蜜桃。她看着我，歪着脑袋想了很久，轻轻说，那我叫胡桃。想想也蛮好听的，就这样定了下来。

胡桃和水蜜桃拉着手走向餐厅，回来的时候都拿着咸鸭蛋，边朗诵诗歌，边吃鸭蛋，感觉自己是冉冉升起的文坛新星。胡桃的文字一直是阳光的，而我的总是阴郁。所以在本子的23页，她写，当胡桃遇到水蜜桃，就是晴天遇到下雨。我给她的批示是，晴天霹雳。我们笑得花枝乱颤。

夕阳就在我们的笑里落下去落下去，朝阳就在我们的笑里升起来升起来。胡桃说，我们追人吧。我知道，文学已经满足不了我们。看着大家的黄昏恋，过着无聊生活的我们，自然要找一个刺激。说好了，只是暗恋。

胡桃喜欢的，是一个很高很帅的男孩子。胡桃叫他木瓜青蛙。我喜欢的叫李晓，也是一个很高的男孩子。我清楚地记得，有一天的早晨他背着一个晕倒的女孩子，狂奔而去。教室里看到的人都说，这样的男孩子，真好。我当时幸福得要晕倒。胡桃给我的头狠狠来了一下，说，水蜜桃，你以为你是人家女朋友啊。我马上低头背政治。

说好了是暗恋，可是因为在他那么出色的时候都不可以是他女朋友的事实深深地伤害了我，所以我决定要和他表白。胡桃说，水蜜桃，你疯了，但是我陪你。

我们都写好情书。其实是她写了，我copy了一份，写的内容通俗易懂：我一直走在你的身后，用美好的眼睛看你，你知道我是谁吗？当然，署名分别是胡桃和水蜜桃。

那天4月1号。我们给自己留了后路，如果不能被接受，也可以当一个玩笑过去。毕竟我们是害羞的女孩子嘛。吼吼。我们笑着分头行动。

b降调

我想我是比胡桃勇敢的，因为她是偷偷摸摸地找了个人递了情书匆匆回来。而我是单枪匹马自己去把那个男生叫出来，把情书塞到他手里，等他看完。

当然结局也不一样。胡桃回来的时候面若桃花充满期待，并且温柔地问我：水蜜桃，你怎么成了蔫桃子？

交朋友一定要交胡桃这样的，虽然不会安慰人，但是可以让你暴打一顿出气。我因为她出言不逊而大打出手时，她突然拥抱我：水蜜桃，我们不是说好不认真的吗？

可是，我认真了。突然看到自己的眼泪清晰地落了下来，那一刻，我真以为我灵魂出窍。我说，原来他有女朋友。不过，他说可以把我当妹妹，要我好好学习。胡桃，我要好好学习了。

第二天发生的一件事情让胡桃也发誓要好好学习从此不问江湖事。因为木瓜青蛙在放学的时候急匆匆地赶上我们，对着我露出一个大大的微笑：你是不是胡桃？

当我和胡桃都安静下来的时候，我们的成绩突飞猛进，把老师吓得一愣一愣的，以为我们吃错了药。

C调

胡桃和水蜜桃永远都是好朋友。今天，我发现我开始很想念胡桃。想念她仰着头阳光洒在她脸上的样子，想念她给我剥的无数个咸鸭蛋，想念她对我的关心，想念她在最艰难的日子里的坚强。

还记得我们教室旁边的琴房，do re mi fa sao la xi……的美丽的声音。我们都在升调降调里生活。而有一天，我们返回到平衡的c调，波澜不惊。

第二部分

上天让我遇到你

今夜布拉格的月亮跟家乡的肯定会很不一样，但只要得到亲情的滋润，体会到我们对她的无限牵挂，无论离家多远，凄凉落寞的心也会倍感温暖的。

今夜，我寄思念与明月，随风飞到布拉格。

——静霖《布拉格的月亮》

爸爸，请相信我会勇敢

玫瑰小米

当我看到爸爸再次被推入急救室时，我一下子跌坐在地上，很久之后才发现自己已失声痛哭。我不知道我们这个已经很淡薄脆弱的家庭还能承受多久。我看到妈妈蹲在我的面前，冰冷的手指拭过我的面颊，轻声说，会没事的。

一年前的一天，爸爸因为头晕无力去医院检查，医生告诉我和妈妈结果是白血病时，我大声叫着不可能不可能，我的爸爸是那么一个善良伟大的男人，怎么会！？我想到了我的小学同学，那个能歌善舞的女孩，当她在一次演出中晕倒在舞台上时，她的噩梦从此开始，不到一年就死去了。灵魂像插上洁白的翅膀，终于逃离了现实的残忍与痛苦。我一直固执地不肯相信概率如此小的事情竟然会发生在我身边两次。而这第二次，是我的爸爸，我至亲至爱的爸爸！

爸爸住进了医院，那个洁白而又令我如此讨厌的地方。第二天妈妈和我就张罗着搬家，住进了乡下姥姥家的三间破房子里。我们房子卖下的钱还可以维系爸爸的住院费用，虽然只有很短的时间。那时正是夏天，乡村中有许多苍蝇蚊虫之类的，我常常在一个个炎热的夜晚抱着膝盖蜷缩在墙角无声落泪。我知道以前安逸的生活已注定离我非常遥远了。

妈妈仿佛一瞬间苍老了许多，苍白的脸上颧骨高高凸起，眼窝深陷。她整日奔波在医院和我们那个所谓的家之间。突然有一天，我看到妈妈的双鬓都白了。一瞬间我特别憎恨上苍，为什么让我们承受那么多的残酷与痛苦？妈妈她才40岁啊！为什么别的女人在逛街购物做美容时她却要在炎炎烈日下用她并不高大的身躯扛起一个家？

自从爸爸生病后，我没有看过妈妈掉过一滴眼泪。在我面前她总是要我努力学习，家里的事她可以解决，还说家里的存款还够爸爸治病。可是我那天放学后分明看到妈妈到一家私人收购处把珍藏了二十多年的金戒指和金耳坠都卖掉了！在爸爸面前她总会强装出一副笑脸，一边削苹果一边给爸爸讲些趣事。要他和她一起努力，一起度过我们家庭的这场劫难。我只是在无数个黑夜里从熟睡中被一声声低低的呜咽惊醒，那一声声低低的啜泣，包含了妈妈多少的隐忍，在白天在亲戚面前在我面前在爸爸面前，她咬着牙忍住的泪水，只有在黑夜的掩盖下才得以释放。她不过是个女人！

那天妈妈的哭声越来越大，我知道那天她去亲戚家借钱，在这种事情上所谓亲情简直是一文不值。妈妈根本就借不到钱，他们全都心知肚明，我们根本就没有能力还债。我摸黑来到妈妈床边，用力抱住她，说，妈你别哭，求求你别哭。母女俩在黑暗里抱作一团，痛哭失声。

爸爸一天天消瘦，脸色更加苍白，由于化疗的缘故头发开始大把大把地掉。每次看到爸爸的样子我都要在病房门口鼻子酸好一阵子才笑着走进去。告诉他，我又考了第一名。爸爸的脸上就会一刹那间绽放出久违的神采。在我心中，爸爸一直是个高大威武的英雄。仿佛再大的困难都不能把他击垮。小的时候我就常常骑在爸爸脖子上，由他驮着我走过一条又一条长长的路，听他给我讲完一个又一个美丽的故事。可是当我推着轮椅带着爸爸走过医院小小的花园时，我看到阳光中爸爸瘦小的身体和空洞无神的眼睛，还有他苍白的手指抚着我的手说，孩子，要努力学习。我总会无声地在他背后落泪，看着泪珠一颗一颗砸进脚下的泥土里。

那天中午放学，我看到妈妈又在给爸爸削苹果，爸爸突然无限温柔地说，玲儿，这阵子让你受苦了。我看到妈妈的肩膀微微抖动，爸爸那双干涸的眼睛泛起一片大雾，嘴角阵阵抽搐，紧紧握住了妈妈的双手。我知道坚强的妈妈在爸爸的这句话前瞬间就崩溃了，那个她生命中一直高大又有力的男人过去为她撑起了个温暖的家，现在的她，要为这个她深爱的人擎起整片天啊！而我却只能看着这一切的发生，什么都帮不上。

我几乎是狂奔到洗漱室的，拧开水龙头，在水“哗哗”地流出来时放声大哭，我不知道怎样形容当时的感受，仿佛整个天空都压了下来。心中积蓄的痛苦只有大声哭出来才可得以发泄。下午我便没有去学校。我想我要为这个家做点什么。我翻出所有的报纸寻找一些招聘信息。安飞打来电话时，我躺在床上昏昏欲睡。拿起话筒就听到他急切的声音，凌小小你在哪里为什么不来上课？！我没有回答他的问题只是十分平静地说，安飞，不要问我原因，因为没有原因，我以后都不会去学校了。然后不等他回答我就挂上了电话，然后拔掉电话线看着天空发呆。

妈妈回来的时候，天空下起淅淅沥沥的小雨，让炎热的夏天终于有了一丝凉意。房间没有开灯，我看到雨水沿着妈的头发一点点滴落。她说，小小今天自己做饭吃，我要去医院办你爸手术的事。我突然拦住她说，妈我不想上学了。刚说完一记耳光就落在我的左脸。我看到妈妈失望的绝望的痛苦的眼神，穿过黄昏微微的光线刺痛我的心。我转身跑进雨中，听到背后妈妈的叹息。我一直跑一直跑，脸上混合着温热和冰冷的液体。一路跑到医院，我看到爸爸闭着眼睛睡着了。我趴在他床边看着他安静苍白的脸，那一刻忽然有个幻觉，是不是爸爸死的时候也是这个样子？我狠狠地咬了一下嘴唇不要自己这样想。脸上滴下的水落到爸爸的手臂上。他无力地张开眼睛，看到我时竟笑着焕发出一丝神采。我哭着几乎是歇斯底里地喊出来，爸爸咱们做手术吧。做骨髓移植，医生说这是唯一办法！爸爸拉着我坐在床边他说，小小，手术费是很贵的，况且爸爸本是活不了多长时间了，早走晚走还不是一样？我伏在爸爸胳膊上感到身体里有撕心裂肺的疼痛。爸爸说，你妈妈来了，你先出去我跟她说些话。回头看到妈妈和安飞站在门口。妈妈走了进来，安飞把我拉了出去。

和安飞回到病房时就看到了开头的那一幕。我突然有种永远也看不到爸爸的感觉。我看着妈妈和安飞的脸，近乎哀求地询问，爸爸会没事的，对不对，对不对！

手术车推了出来。谢天谢地第二天爸爸就睁开了眼睛。我抱起他，他那么轻，我感到心都针扎般生疼生疼。爸爸，让女儿再抱抱你吧！我看到爸爸闭着的眼角淌出一行泪。我把他抱到轮椅上，推他走进了花园。我希望在这个美丽的地方再次看到爸爸的神采。爸爸说他跟妈妈商量过了，选择顺其自然，不再做手术和任何抢救了。我看到爸爸那张没有血色的脸和悲伤的眼睛。他蜷缩在轮椅里，干枯冰冷的手指抚过我的脸。我忘了爸爸后来对我说了些什么，也忘了我当时怎样对父亲说了什么。只记得后来妈妈出现在我面前，她说，孩子你原谅妈妈吧！

爸爸走了，永远地走了，真的走了。我永远记得那一天。他的嘴角带着一丝笑意，没有一丝痛苦地走了。妈妈昏了过去，我却发现喉咙里竟发不出一点声音。我看到爸爸干净安详的脸，感觉他忽然会张开眼睛叫我一声女儿一样。可是那是永远不可能的了。我尝到了生死离别的滋味。我不知道我和妈妈要怎样坚强地走下去。我知道我再也看不到我的爸爸了，再也看不到他的笑，他把我高高举过头顶，他骑车带我飞驰在风里，再也看不到他意气风发的样子，再也感受不到他抚过我脸颊的冰冷手指。

树叶在风中飘落，那些生命中随风而逝的人儿啊，请相信我会勇敢微笑地走下去……

团圆

胡 月

有一种思念，氤氲在月圆之夜；有一份牵挂，囚系在月亮之中；有一次团圆，静默在月光之下。

——题记

外婆的歌谣，是一首我听不懂的诗。但我似乎又听懂了，那里面，有对外公深深的、深深的思念。

去外婆家的时候，她正挎着一个篮子从街上回来，看见我和妈妈，忙笑着打开门。还是这样一个小院，被外婆收拾得干干净净。当年外婆和外公一起种下的桂花树，溢出沁人心脾的芬芳，飘入我的灵魂深处，使我的整颗心都温暖起来。那把摇椅，此时在树下，仿佛和外公一样，静静地睡去了。外公和往常一样在墙上对我笑着，那般慈祥。黑白的照片那样冰冷，可外公的笑，却又总是温暖得让我看着看着，就笑着落下泪来。

晚些时候，月亮出来了，清冷的月光带着一丝中秋的渴望，一粒一粒平铺在这寂静而温馨的小院。外婆又挎着篮子从楼上下来，默默地来到外公的遗像前。当他们四目相对的时候，我突然觉得那里面有一种力量，一种超越一切的力量。外婆点燃了一对红烛，照亮了他和外公的脸。外婆又小心翼翼地从篮子里拿出纸钱，极认真地点燃，嘴里不停地念叨着什么，像是说给外公听，又像是在说给自己听。盆子里的纸钱卷缩在一起，一瞬间化为黑色的灰烬。有细长的烟升起，它们纠结着缭绕在外公周围，月亮给他们镀上银冷的光，带着外婆的思念，去向外公的那个世界。外婆一直望着最后一点火星黯淡下去。对于她来说，要看到最后一缕烟消失，才会放心。

时近半夜，周围都静了下来，只剩下天上的一轮圆月，还有在桂花树下睡着的外婆。她躺在摇椅上，轻轻地闭上眼，重重地抓着扶手，就像紧紧握着外公的手。月光拂过她深凹下去的眼和微微上翘的嘴角。她的眼角停泊着淡淡的泪痕，她的嘴角却荡漾着浅浅的微笑。是的，外婆在笑，很满足很幸福的笑。我想，她是在梦里和外公团圆；或者，是想起了她身下这把摇椅上外公安详的模样；又或者，脑子里浮现出几十年前那个月圆之夜，俊俏的她和俊朗的外公在这桂花树下海誓山盟：执子之手，与子偕老。花香浸润了他们的心情，月亮见证了他们的爱情。

从此，每年的中秋就成为他们的结婚纪念日。一个与大众共享的却又与众不同的节日。

这一道道月光啊，你是否还记得这样一对老人，相互扶持着走过了几十年的人世沧桑？你是否也听到了这一声声的思念？似水流年已经白了外婆的头发，却浇不灭这融融的月光。外婆和外公踏着这月光一路走来，留下一长串坚定而执着的脚印。如今外公乘着这月光走了，这月光，却依旧洒落在外婆的身边。它是那么的温暖，我知道，它承载着外公和外婆遥远的思念。

伫立在这样的月光下，看着外婆的脸庞，外公的摇椅，还有他们种下的桂花树，我突然明白，这种思念，这份牵挂，这月光下的团圆，早已超过了生与死的界限，划破了轮回，回到这个小院。

但愿人长久，千里共婵娟。

布拉格的月亮

静　霖

我的夜晚，是表姐的午后。家乡被月光照亮的夜晚，是布拉格阳光普照的午后，这边升起的是月亮，那边还挂着太阳。不知到了布拉格八月十五的夜晚，表姐是否也能欣赏到一轮满月？我知道即使月圆，身处异国他乡，心也不可能圆满。

布拉格的月亮和家乡的月亮是迥然不同的。夜色降临前，天空中总飘着大片灰白灰白的云，它们很立体，好像伸手可及，自由地浮在天际。颜色光艳鲜明的晚霞把本是蓝灰色的天空和本是一片葱绿的山腰染成一道红色。月亮就在此时悄然升上来，无声无息。渐渐地，天空中不见了浮云和晚霞，明月升到了幕布中央。微黄色的月亮好似一盏明灯静静地照亮大地。

难忘阳历8月的一个夜晚，我和表姐靠着查理大桥的桥栏，望着伏尔塔瓦河上月亮的倒影，听她给我念她在5月12日后写给我的很多却没有寄出的信。

“那天我怎样也睡不着，不清楚你们的情况但又不知如何打听……”

“我们几个学校里寥寥无几的中国学生发起了募捐活动，还好同学们很热心……”

“《捷克通讯》上每期都在登地震最新情况，看来旅捷华人们都很关心灾区……”

好冗长啊，我打断她：“以前的信你不都是直接寄给我的吗？既然这次写了这么多信，为什么不寄而非得一次性念给我听呢？”

表姐愣了愣，说：“5月6日情况那么不佳，我想寄出去了你们也不可能收到。而7月份你们都在办出国签证了，那时寄出估计你们在该走时才收得到。倒还不如我给你念有真情实感呢！”

我赞同地点点头，她看看月亮，又说：“唔，中秋在9月，我肯定回不去过节了。今夜的月亮倒挺圆的，只不过我们是在异国他乡团圆，没有那感觉了。”她意味深长地看看我，“可是你有啊！中秋过后写封信给我吧。现在可以寄了……”

中秋之夜到了，我望望头顶的月亮，它被乌云遮得有点模糊了。但我不用把这一点点美中不足写到信里，因为我早在10天前已经把它寄给了表姐。信里没有刻意描绘月亮，而是让我们幸存的每个亲人写了几句话表达他们的牵挂之情，而我写得要长许多。我计算过邮寄的时间，不出意外的话表姐一定能在今夜收到。今夜布拉格的月亮跟家乡的肯定会很不一样，但只要得到亲情的滋润，体会到我们对她的无限牵挂，无论离家多远，凄凉落寞的心也会倍感温暖的。而且，她读到家乡重建的消息，心中一定会倍感欣慰的。

今夜，我寄思念与明月，随风飞到布拉格。

父亲的鼾声

王希月

窗外天快黑了，深沉的暗蓝色夹杂冬日的丝丝寒冷。屋里没开灯，只有桌角一角的台灯笼出一圈柔和的光，温暖地投射着手指握笔的影儿。

父亲在桌旁的床上睡熟了，房间很静，笔尖在纸张上浅浅的摩擦声伴随父亲轻轻的鼾声，比呼吸强烈、凝结疲倦的鼾声。我慢慢展开皱紧的眉头，取下塞紧的耳机，一滴圆润的泪，晕湿字迹，更晕开了心里的怨气和不满，只剩下安静的感动。

我和父亲都是急性子，暴脾气，这样的两个人朝夕相处总会有发生冲突的时候。每次看他语气音调一高说着我的不对，我也跟他不甘示弱地嚷嚷着讲理，要不是母亲阻拦，愈吵愈凶是必然。于是在我的潜意识里跟父亲是没有道理可讲的，就这样的以一个孩子的沉默和厌恶来排斥他。

前几天我去学校取书，父亲却怀疑我要出去玩，我看也不看他，什么都不解释，到学校后却委屈地哭了，觉得他根本就不信任我；有一次因为和父亲赌气我离家出走，后来每次提起这个事情，他都会愤然而起，怒气冲天，我固执地认为，父亲就是成心和我作对。

可是在这鼾声中，心莫名地静了下来，仔细回想往昔，才发觉自己忽略了很多：父亲加班到很晚时，总会打电话问我想吃什么给我买回来。寒冷的大雪天起早开车送我上学，担心我坐班车会着凉感冒……在这鼾声中，我终于明白父亲的用心良苦，所谓的不信任，愤怒，无非是源于对我的在乎，对我的爱。

父亲出差两周，今天刚回家，推开门的第一句话是："女儿呢？"我在屋里听着，心里一紧，鼻子微微发酸。而现在这鼾声则如同一双无形的手，摇动我的心灵，抖落这么久以来对父亲的不理解。这个养育了我十多年的人，这个为我操劳奔波工作的人，这个愿意为我付出所有的人，这个最需要我关爱体贴的人，用疲惫的鼾声使我明白他浓重深沉的爱。

夜色像凡·高的油画般密不透风张贴在窗户上，鼾声阵阵，这是我听过的最好听、最感动的鼾声，也是我至今才领悟到的幸福。

爸爸也是天使

麦田花葵

一

在我不懂事的时候，我一直觉得自己生活在地狱里。在那座看上去很普通的城堡里面，魔鬼与天使同在，他们在一起生活了很多年，居然相安无事，真的。如果没有我的插足，他们一定会继续平静地生活下去。

我一直坚信不疑，妈妈是我的守护天使，从我没出生的时候开始，就在义无反顾地保护我。那时候的爸爸年轻气盛，在事业上刚刚崭露头角。由于他的勤奋好学被派遣出国工作。这真是一次千载难逢的机会，所以爸爸跟妈妈商量可不可以先不要我。妈妈疼惜我，所以一再坚持坚持，我侥幸没有过早地夭折在冰凉的手术刀下。爸爸疼惜妈妈，所以拒绝了可以一步登天的机会，开始做一名平庸的小科员。基本上也可以这么说，是我阻挡了爸爸高升的道路。所以我一直认为他是讨厌我的。

在后来我和爸爸的无数的冲突之后，在那些坚如磐石的铁证面前。我斩钉截铁地宣布：我的爸爸是魔鬼，我和妈妈都是天使，是被掳来侍候和听命于他的。

二

爸爸是典型的北方男子。他脾气暴躁，嗜酒如命，逢酒必醉。所以我印象中的爸爸绝不是青年才俊的温文儒雅，而是魔鬼般的凶恶粗犷。

他相信棍棒底下出孝子，所以在很小的时候，即便我是个女孩子，他也没有放弃过武力解决的教育原则。对于他的这种野蛮教育方式，我极其不屑，所以我们两个人之间常常是狭路相逢，针锋相对。

你可以想象得出来，5岁的孩子是多么的娇嫩和柔弱，可是我的五岁却带有浓浓的火药味，因为我的倔强。按照爸爸的话来说我就像是一口放置多年的水缸，有坚硬的外壳和空空的心脏。重重地敲击之下会发出空旷响亮的回声——不服。

由于他的严厉调教，我5岁就可以流利地背出《水调歌头》和许多长篇的诗词。显然这在一群懵懂未知的孩童中间是多么的出众。每逢他宴请亲朋好友，便得意地把我放在高高的椅子上面，趾高气扬地下命令："嗯。给我们背一首《水调歌头》。"刚开始的时候，我还很乖巧地配合，而且每次都能赢来一阵惊叹和夸奖。但是重复了几次之后，我发现自己的这种表演与杂技团里那只哗众取宠的猴子别无两样。不同的是它为主人赚得金钱而我只是满足了爸爸的虚荣心而已——拜他精心的教育所赐，那时候的我便已经是"人小鬼大"。所以以后再有这样的场合，我便用沉默来表示自己对他的命令的不屑，像他这样一个脾气暴躁、爱好脸面的人，惹怒了他，我的下场可想而知。于是当天晚上，他那搬煤球、写公文的手掌便重重地落在了我的屁股上。那么响那么响。他打我的时候，只是用自己的双手，而从来不用其他的工具。有时候，我会想：或许他也是爱我的吧，在打我的同时也在用同样的力度惩罚自己。

我是一个幸运的人，虽然魔鬼屡屡现身，我常常处在危险的境地中，但是我有天使。在爸爸的手掌第二次落下来时，我早就被妈妈护在了双翼下。看爸爸因愤怒扭曲了的脸，我躲在妈妈背后默默地背诵《水调歌头》。

三

我从小就是一个特立独行的孩子，因为爸爸的精心培养再长到大一点的时候，爸爸便跟妈妈要求，由我来买酱油、醋和盐。我曾经见过妈妈做这样的买卖，只不过是简单的给钱、拿东西的程序。我觉得自己可以，于是便欣然应允。

有天，爸爸跟我说："我觉得你应该为这个家贡献一份自己的力量。"

我承认，父女连心。我明白他话里的意思——应该帮妈妈做一些家务。这没有什么，不过是洗洗碗、刷刷筷子而已。于是，我很早地承担了别的孩子没有承担的责任。然而对于天使的退让和容忍，魔鬼非但没有感激不尽，而是变本加厉地提出了更可恶的要求。爸爸说："我觉得你应该多接触一些外面的社会，做完作业以后跟我去买菜。"他总是自我感觉良好，前面跟你用商量的口气，后面不容商量地命令又让你毫无退路。要我穿着漂亮的公主裙去杂乱的菜市场买菜！天理何在？

我的反抗是毫无用处的。于是接下来的几年里，你便可以在路上看见这样的一对父女。身材伟岸的爸爸在前面大步流星地走，一头不回，丝毫不担心身后的女儿走丢了。个子矮小的女儿一路小跑地跟在几米远的后面，神色紧张，生怕前面的爸爸不见了踪影。爸爸爱喝羊杂汤。那种在简陋的小摊上花两块钱可以买一大碗的东西，油渍渍的上面飘着一些鲜嫩嫩的香菜，远远不及妈妈做的番茄紫菜汤精致。可是爸爸却吃得异常香甜。他一个人这样吃倒没有什么。只是他说："我觉得你也应该吃一些，把这些全部吃完，不许剩。"又是商量加命令的句式。头疼。

我从一出生开始起就不吃肉，对于我的这一问题，爸爸曾经费尽心思，使尽各种招数，其中不乏他的武力教育。可是这些对我只是白费心思。他把肉块绞成肉末，熬在小米稀饭里，他把火腿切成菱形，放在我果冻里面。可是，都没有逃过我尖锐的鼻子，被我完好无损地放回原处。所以，对于爸爸威胁式的命令，我置之不理，只顾跟卖羊杂汤的大叔说话。对付爸爸，我已经很有招数。不出两秒钟，他必定表情僵硬地带我回家，然后再上演一番魔鬼现身和天使救场的戏剧。那是我最初与外界的交际方式——买酱油、买菜。当然，也是在事情过去了很多年以后，我才明白这也是爸爸教育我的良苦用心。时至今日，我仍然滴肉不沾。可是我从来没有告诉过爸爸，羊杂汤的味道闻上去很好。

四

现在回想起来，我一直都在沿着正常的轨道成长。虽然有些倔强，但是不固执。在最容易叛逆，最容易不知所措的青春里，我也没有偏离正确的路线，在成长的道路上所向披靡。这些基本上都可以归功于我的魔鬼爸爸，那个曾经为了即将出世的我，放弃了可以升官发财的爸爸。

15岁的时候，我明显得觉得了我内心里面的空虚和不安，我开始厌烦平静的像死水一样的生活，开始崇拜那些一无所有的流浪者，我强烈地渴望抱着 把吉他行走天涯。可是实际上，我连一把吉他都没有。我的魔鬼爸爸只允许我在钢琴和小提琴里面做出唯一的选择，我什么都没选。既然不是自己喜欢的，那么不选也罢。

那一段时间，我不吃早饭，穿破了洞的袜子，拼了命地写文章挣稿费（可是能发的很少）。我把所有的钱都积攒起来，暗暗地蓄谋一场大的离家出走，不，是流浪行动。在我认为我已经有了足够多的钱的时候，爸爸说了一句让我气结的话。“小样的，别以为我什么都不知道。”这是他少有的幽默，代表他已经忍我好长时间了。我就像是掉光了头发站在人群里却忽然被人摘去了帽子一样，尴尬得无地自容。我没有像别的孩子一样认为自己的爸爸有多么的聪明和了不起，相反却更加坚信他是魔鬼。所以我那点保护的滴水不漏的心思，才会被他轻易地偷窥了去。

接下来的暑假里，爸爸带我去了一趟云南丽江。在那个风景秀美的古城，爸爸的脾气变得像水藻一样柔顺谦和。这的确是一趟令人愉悦的旅行，可是说实话，我的心里有些恼怒。我气我自己。我不知道，为什么我做什么事情都需要爸爸？为什么走在路上我只有看见爸爸的背影才会觉得安全？为什么在十字路口迷路的时候，我会想起来第一个向爸爸求助？为什么当我看见治腿病膏药的广告时，会立即想到爸爸的关节痛？为什么看见爸爸背着沉重的行李在前面举步维艰时，我在后面会心疼地哭出来？

回到家里，我仍然过着上学、回家这两点一线式的生活，可是心情却异乎寻常的平静、安和。我无意间听到爸爸对妈妈说：“对于我当年放弃了出国的机会，我一点都不后悔。这个家我们三个少一个都不能再称为完整的家。”

五

我不知道爸爸最喜欢吃什么，最喜欢什么人，最喜欢什么运动，就像他不知道我最想吃羊杂汤，最喜欢的人是爸爸，最渴望和爸爸一起打羽毛球一样。

上高中的第一年，我终于搬出了地狱。摆脱了魔鬼的生活并没有想象中的缤纷，反而像失去了某种动力一样，每天在黑、白两色里无精打采地行走。一个月以后，我便迫不及待地想回家。在那时候，我仍然不明白为什么我口口声声讨厌的魔鬼和地狱怎么会对我有如此大的吸引力。但是，当我踏出车门，远远地看见站在小区门口张望的爸爸时，我便明白了。我爱那个暴戾的魔鬼，也爱善良的天使，对温暖的地狱也是充满了感情的。我下了很大的决心想要飞奔过去，给爸爸一个拥抱，来补偿我这么多年来对他的误解和冷落。可是爸爸却像孩子一样转身飞快地跑走了，然后妈妈便迎出来。她一边帮我拿行李一边嗔怪爸爸：“一大早就站在这里等你，明明看见你来了却又自己跑走了。明明最心疼你，却总是凶巴巴地板着脸。明明很愿意和你一块打羽毛球，却口是心非地说你球技太烂。哎！你们都那么倔。”我揽着妈妈的肩笑：“有其父必有其女嘛！”

六

是的。我和爸爸两个都是不善于表达的人。用他的话来说，我们都是又深又重的大水缸，明明内心里面酝酿着很多柔软的感情，却因为有一副坚硬的外壳，所以不容易流露出来。在那些轻狂的年纪里，我就是一个少不更事的孩子。把爸爸对我的疼爱错当成魔鬼式的折磨，把温暖的家错当成限制自由的地狱。是爸爸，用他无限辽阔的心胸包容了我的无知和任性。他像一把刻刀，很坚决地剔掉我身上的错误和污点。可是我知道，那么清楚地知道，爸爸是爱我的。

现在，我已经长大了。我知道，其实爸爸也是天使，只不过是他的翅膀被我踩在脚底下托着我飞翔。是我太不懂事，一直不肯低头。

妈妈，对不起

浅笑微颦

一直都是个太倔强的人，即使知道是错，知道是悔，却仍然是不肯在嘴里流露出半分的。从开始上论坛以后，写过很多很多的文字，我写我的爱情我的梦想我的痛苦我的无助我的无奈我的绝望，让自己一次次在文字里疼痛，直到泪流满面。却一直都不愿去写有关童年有关家庭有关妈妈的任何的文字，我是太自负的人，怕自己太拙劣的文字写不出我心底的声音，那样的感觉会让我痛不欲生。

从来都觉得自己是太不幸的人，从来都认为在妈妈心里我不是最重要的，从来都认为妈妈根本不爱我。长大了，便会明白许多许多的事情，妈妈，女儿真的是长大了！以前让您生气让您痛心的，今天，我一一为那些来道歉，来请求您的原谅。

7岁。对于好多好多人来说都是太美好的回忆，应该是被父母带着四处去玩的年纪吧。妈妈，记得我7岁的时候是怎么过的吗？还记得我们家住的房子吗？

那时，你和爸爸的工作很忙，而我是太调皮的，会四处乱跑。终于，有一天你跟爸爸出门的时候把家门锁了起来，我只能在屋里活动。我性格里叛逆的因素从那时就开始显现出来，我想尽办法去撞门，我大声地哭，可一切都无济于事，我还是出不去。情急中，我打开了窗户。那时候我们家住四楼，窗户下边有个小小的阳台，我可以从那个阳台爬到邻居家的那个阳台，然后从邻居家出去。我向来都是太大胆的人，我爬上窗户，爬到了阳台上，才发现，我根本就够不着邻居家的阳台！而那时7岁的我根本就无力再爬回屋里，我只能蜷缩在那个阳台上，一动也不敢动。楼下有邻居看到我在阳台上，尖叫起来，不知道是谁给你打了电话，你回来的时候，我已经在那里待了快一个小时了，随时都有掉下去的危险。妈妈，我记得你也是恐高的，怎么当时你就那样不顾一切跳到了阳台上把我抱上去？

上来之后，我不敢说任何话，我知道自己闯了好大的祸。可你没有骂我，只是紧紧地抱住我，哭得声嘶力竭。妈妈，对不起，这是我的第一声道歉。

12岁，我已经习惯在外婆身边的日子，已经习惯了在楚楚家里，缠着楚楚的妈妈，看他们一家人的温暖让我妒忌得发狂，我固执地认为，是你们不要我。我并不是你们手心里的宝，我只是被你们遗忘的孩子而已。这样的想法让那时的我真切地明白什么叫作失望或者说绝望，我偏执起来。

妈妈，记得那次我生日，你和爸爸来看我吗？我是太不乖的女儿，我是太不懂事的女儿，那样的固执，那天，从早到晚，我没叫你一声，没和你说一句话，也没对你笑一下，你买的东西，我碰都没碰！

那天你走的时候，我仍然没叫你，我看到你是含着眼泪上车的。你走了之后，我倒在外婆怀里哭得眼泪滂沱。妈妈，对不起，原谅我那时的无知和固执。

15岁的时候，我高二。长期处于一个和自己年龄不相符的群体里，我比同龄人要早熟。一次偶然我认识了申哲，他承载了我那时对感情的全部定义，我冒着天下的大不韪开始了我无可选择无可逃避的爱情。那年我15岁，申哲16岁。我高二，申哲高三。爱情对于我们来说是太奢侈的东西。尽管我们知道自己要的是什么，我们知道自己想的是什么，可我们却无力抓住。无可奈何。

我们的结局和我们预见的一样，分离。

某一个午后，申哲憔悴的妈妈在校门口拦住了我，对着我泪如雨下，字字控诉。我措手不及。只能选择离开。

妈妈，还记得吗？我告诉你我要转学，你打我的那一巴掌吗？你说的话我一直都记得：你是我的女儿，我没有遇到一点事情就逃避、有一点挫折就消沉的女儿！妈妈，是你一巴掌打醒了我。在那个海边的城市，我平静地生活，安静地学习。离开八个月后再回来，一切已是云淡风轻。我还是我。

妈妈，我知道那时的我一定让你太心疼，太痛心，原谅我好吗？

我笑给每个人看，只一个人深夜静静地哭。所有人都认为我是很开心的。你来看我的时候，我笑得很灿烂。从你的眼里我还是看到了心疼，你是太了解我的人，知道我的不快乐，知道我的无奈的，在你面前，寂寞无所遁形。

妈妈，原谅我。一直以来，我都是太害怕孤独的人。

今年3月。眼睛生疼。要手术才能复原。那段日子，是最温暖的日子。

妈妈都在身边陪着，尽最大的努力让我觉得温暖，尽自己最大努力让我觉得开心。

我是太懦弱的人，通常在寒流到来之前就选择逃避，可这次，我只能选择面对。

妈妈，我是你的女儿，我们是一样的人，一样的固执一样的倔强，总会不自觉地去伤害彼此的心。妈妈，以后的路我们一起好好地走过，我真的长大了，你任性的女儿真的长大了，不会让你生气不会让你伤心了。

过往的一切，我们一起遗忘。

一切都会过去，留下的，是永远。

上天让我遇到你

shmily烨

一

那时候谁都不知道，我和他每天都在暗地里进行着怎样“残酷的战争”。我们各自像受了惊的小兔子，充满敌意地防范着对方，又像被激怒后竖起尾巴的小狗，时时准备着侵犯。如果我稍有疏忽，坐在教室里拿课本时，有可能就会抓到一条让我惊叫两分钟的毛毛虫。而他，鬼知道大冬天一脚伸进浆满了冷水的鞋子会是什么感觉。而晚上睡觉的时候，我也要提高警惕，以免朦胧的光亮里冷不丁地出现一张鬼脸。当然，他的被子里也难免会有一些小石头什么的出现……

那时，我们是两个生活在同一屋檐下互相敌视的孩子，我的妈妈是他的继母，他的爸爸是我的继父，我们没有任何血缘关系，但却被我们的父母硬生生地放置在同一个家里。

他姓冯，叫冯凯，我讨厌这个姓。第一次看到他的时候，妈妈说：“叫小凯哥哥。”我白了他一眼，说：“二马子。”妈妈拿我没办法，我没有了爸爸，又是个女孩子，她只能说：“唉，你这孩子。”就算了。他的待遇就没有我这样好了，在叫了一声“糖包子”之后，他爸爸的巴掌就落在了他的脑袋上，清脆有声。我并没有幸灾乐祸地笑，只是狠狠地说了句“活该”，转身进了我的房间，关上门，然后趴在床上哭了起来。

我很爱我的姓，很小的时候，爸爸说我姓唐，好像我是大唐最受宠的公主一样。它是最疼我的爸爸赐给我的，爸爸不在了，我更不能容忍任何人蔑视这个字。

那天晚上，我坚持不吃饭，冯凯被他爸爸罚站到很晚，就此，我们的怨正式结下。

二

我和他的敌对，好像是一种本能反应，没有任何原因。其实，冯凯并不难看，他个子高高的，脸的轮廓很像冯叔叔，眼睛人人的，亮堂堂的，至少比我们班里的男生好看。他学习好，我确定他聪明，因为他并不用功，所有时间都用在了踢球上。妈妈几乎每个月就要给他买双运动鞋。只要他在家里，就会满屋子的臭脚丫子味，我抗议，冯叔叔就会按着他的脖子让他洗脚洗袜子。我对冯凯的挑衅，就像个恶性循环。那晚，当我再次控诉他的袜子难闻时，冯凯终于忍不住恨恨地对我说："早晚有一天，我要你吃掉我的袜子！"

我立刻把这话传给了冯叔叔，他又一次"荣获"了半个小时罚站的"奖励"。后果是第二天早上，我写好的作业不翼而飞。我大哭一场，他挨了两巴掌，并不准吃晚饭。有时候算下来，这样的交锋中，谁都没有真正占到便宜，可就是停不下来。

我们就这样一边生活一边成长，一边彼此敌对和伤害。常常被撕掉的作业本没有阻挡我的好成绩，而常常被灌满凉水的鞋子也没有阻挡他继续长高，球也越踢越好。

三

3年后，冯凯终于考取了那所出名的中学，因为离家远，他要住校了。我像庆祝节日一样，在我的屋子里挂满了彩色气球，他则将自己所有的东西全部打包，带去了学校，用他的话说，连空气都不给我留。

妈妈和冯叔叔去送他，我将一双崭新的球鞋送给妈，是冯凯一直想要的"耐克"运动鞋，妈妈感动地拥抱了我，我偷着笑了，因为那双鞋左脚是42码，右脚是41码的。我就是要让他空欢喜一场，作为我们战争告一段落的终结。

在他们都离开后，我兴奋地朝床上一躺，身体却猛地塌了下去，床的一端竟断开了。好在有惊无险，除了擦破点皮，我没有受到别的伤害。那一刻，抚着疼痛的手掌，我垂头丧气，才知道这一端的战争，我们谁都没有赢。

但，终于可以不再时时看到他那张英俊却充满坏笑的脸了。

以后，冯凯每一月回来一次，好像我们都有些疲惫了，很长时间没有再做什么，但会想办法拒绝见面，他回来的大多时间，我总是借口不在家。可那双尺码不一样的鞋子，他却始终没有提过，床塌事件我也没有向冯叔叔讨公道，也许是长大了，我对自己说："不喜欢，就做陌生人吧，何况，本来就是陌生人。"我想，我们之间，其实是承担不起兄妹的。

冯凯读初三了，我不再抵触他，但是沉默。偶尔也会看他一眼，正如同学们说的，他真是英俊，脸上没有坏笑的时候，英俊得很彻底。可是陌生，当我们不再正面敌对，反而更加陌生。

四

那个周末，是他回来的时间。我在离家不远的地方溜达，冬天天黑得早，街灯亮起来之前，城市是黑乎乎的。转弯的地方通往家的小区，有一段刚刚拆迁的废墟，因为熟悉也不觉得害怕，一个人晃晃荡荡地在黑暗中徘徊。那个人不知从什么地方闪出来，忽然就挡住了我的路，很浓的酒气，模糊的面容，是个不好的男人。如此时突如其来让我失去了本能的反应，一时竟然呆呆地站立未动。他的手一把掩住我的嘴，唇边一阵酸涩和咸腥，恐惧感在这一刻劈头盖脸地压了下来，挣扎，却喊不出声。

没有看到冯凯从什么地方出现，远处的街上突然亮起灯光，抓着我的人大叫一声松手，我看着冯凯，我再也没有看过那样亲切的面容。"哥！"几乎是狂叫了一声，他没有答应，已经和那个男人打成一团，我听到他一遍一遍恨恨地说:"让你欺负我妹妹……"

男人终于歪歪斜斜落荒而逃，他要追时被我拉住，他的额头流血了。我手忙脚乱地拿衣袖去擦，碰到了伤口，他疼得抽了口气，却忽然笑了，说："糖包子，你刚才叫我啥？"他很久没有这样叫我了，我也很久没有叫过他。其实，我从来没有叫过他哥。

这次，我没有反叫他“二马子”，小声问：“你怎么来了？”他拨开我的手自己擦，并不回答，却问：“我每次回来你都回来晚，你什么意思吧？”“那你呢？”我也不回答，看着他，“别人都一周回来一次，你干吗要一个月？”“唐甜甜，我们和好吧？”我点点头，“可是，你要告诉我你为什么在这？”“这里没有路灯，我等你呢。”他诚恳地承认，“什么时候你不想和我做对了？”“因为你的耐克鞋。”“可是，可是……”我瞠目结舌，难道他没有发现吗？可是，我从来没有见他穿过。

“小丫头，虽然不能穿，可那到底也要700元钱，你会平白无故地把攒了好几年的压岁钱花在一个陌生人身上呀？”他拍拍我的头，“看着那双鞋，我一下就想明白了。”

“冯凯。”我停下脚步定定地看着他，看他那好看的眼睛和凌乱的头发，还有额角没有擦干净的一丝血迹，忽然哭了。

“不许叫冯凯，叫哥哥。”他按着我的肩膀。

“哥。”我抽抽搭搭地叫了出来，眼泪哗哗地抱住了他。

那是几年前的一个夜晚，那天晚上开始，我突然很确定地知道了，我的生命里有个亲人，他叫冯凯，是我哥哥。

后 记

那双他一直没有穿的耐克鞋，也没有去换，我们一人保存一只。后来，冯凯去读高中，我送了他新的耐克鞋，他依旧踢球，两年后我也去读高中，那一年妈妈下岗了，冯凯凭借着自己的球技和小小的名气，去球队当外援，赚取我的学费和生活费。

每次到学校看他，都会看到他身上大大小小的伤疤，冯凯总是笑笑说没事。而我每逢假期都很匆忙地往家赶，为冯凯做我偷偷学的拿手菜。看着我们相亲相爱的样子，真的不能想象我们曾进行过那么多的战争。爸爸妈妈私下里说，真怀疑我们是亲兄妹。是啊，感谢上天让我遇见你——冯凯，让我们可以一起温暖地走过一个个或幸福，或痛苦的日子。感谢上天让我遇到你。

老 爸

SUSU

卖烧饼那个……

很遗憾，我从小就是个诡异的孩子，学会说话很久了还是不会叫爸。但是有一天我不仅会叫爸了，还会用爸造句了。

我说：叔叔好，我叫王八蛋，我爸是武大郎。卖烧饼的那个。

我爸真可怜，一边要高兴自己的宝贝女儿转眼都会造这么结构这么复杂的句子，一边又要阻止他活泼好动的女儿向每一个见到的陌生不陌生的人炫耀自己新学的句子……

这件事不用说也是我们家邻居焰明哥干的，不过他能教会我这么长的句子来娱乐自己，也说明他真是挺有耐心一个人，原谅他。

大家不要客气，都算我的！

我跟小姨说我爸都不怎么给我零用钱的，都是我妈在给。

小姨说：给的。

我说不可能，从小到大都是我妈在给……

小姨说：给的。

我翻白眼说：你爸还是我爸啊，给不给我还不知道吗？真是的！

然后小姨说，你爸以前对你可爽快了，你四五岁的时候你爸心情一好就给你个5块，10块的，那个时候10块钱多多啊，等于现在100块差不多。你一个小孩子拿那么多钱有什么用啊？我和你表姐就会用5分钱一个的泡泡糖把你的钱换过来……

小姨！

干吗？

还我钱来！

……

小姨说你爸可大方了，那个时候整个社区的小孩都喜欢跟着你，你知道为什么吗？我哈哈大笑说，因为我魅力大呗……小姨用力拍我头说：你小时候多拽啊，你在你们那卖零食的店里有个专门的账户，你买东西吃都不用花钱，就签个名画个花什么的，你爸每个月去帮你结算一次。

原来我小时候还这么奢侈过……那然后呢？后来怎么取消这么好的制度了呢？

然后你就带了一群小孩去店里说：大家不要客气，都算我的！

有这样的事吗？我现在挺抠门的啊？昨天给罗智乾（老弟）10块钱，后来想了想觉得自己太冲动，还抢回来7块呢！

还用说嘛，王小姐你可是宁化出了名的败家女，从四五岁开始就臭名远扬了！

这个……有这么严重么？

有！

……

对不起喽，我亲爱的老爸~~

老爸，干得好！

我人生就只有我住外婆家的那两年晨读过。其他的阶段我不仅没有早起过，还顽固性迟到。

学校开家长会。

回来老爸跟我说，今天你们班主任说晨读很重要。

我说：爸，这点你要负很大责任，为什么你老是不叫我起来呢？

他说：我看你睡得像猪一样香，没舍得叫你。

各位家长学习学习吧，多善良的爸啊，虽然形容词用得不怎么好。

我说，那你跟班主任说了没，是你不舍得叫我，不是我个人不舍得起来？

他说，老师问谁的孩子有6点以前起来读书了？我就马上举手了......

我说：老爸，干得好！

淡淡烟草香

我看过老爸年轻的时候长得特别清秀，长得跟唐僧似的，一看就想吃他的肉的那种。

白白嫩嫩，斯斯文文，打个领带，带个眼镜，头发梳得徐志摩那样。那时候都流行明星照这种款式，我都把爸的照片带到学校去炫耀，说：你们看，帅不？

她们就会说；这谁啊，怎么长得跟明星一样啊，真帅……

我就会特别骄傲地说：那是我爸！说完还要特别恶心地甩甩头发。

我爸快三十的时候才有我这个女儿，我没见证到老爸多少青春的年华。有一次我爸拉着我去逛街，迎面走来个近视眼说：带孙子去散步啊！我很不给那个人面子地说：“他是我爸！还有，我是女的……”真是的，近视得那么厉害就少出来走动嘛！

是啊，老爸开始老了，尽管他力气还是很大，身体还是很强壮，声音还是很雄厚，可是脸上已经看不到年轻时的俊秀了，头发也慢慢变白了……可是，老爸无论变成怎样，在我心目中还是年轻时候那个照片的样子。

老爸，曾经那么帅过。

有的女生，一看见男生抽烟就皱起眉头说呛死了呛死了，还猛咳嗽的样子。我就从心眼里觉得她们会不会太娇气了。

老爸抽烟抽得很厉害，身上总是有种淡淡的烟草香。我不讨厌抽烟的人，也不厌恶那种烟雾缭绕的感觉，反而觉得特别亲切，有种安全温暖的味道。我想，所谓男人味，应该就是那种淡淡的烟草香味吧。

可是烟还是不要抽太多的好。

前年冬天，老爸肺炎住院，高烧到40度。我的老爸，从我懂事以来几乎没病过，总是那么强壮有力。

可是那几天老爸烧得迷迷糊糊的但是还是叫我快去上课，不要老来医院看他，说话的时候也尽量避开我，说怕传染我。老爸病得很严重了，可是他说很快就会好了，叫我不要担心，过几天他就回去。

我去学校的路上号啕大哭，祈祷老天如果能让老爸好起来，叫我做什么我都愿意。老爸，我原来如此害怕失去你。

把我留给了老妈

老爸脾气火爆，顶撞不得。

我说妈，我爸生气的时候你别再刺激他，有理没理你都等他消气了再慢慢说行吗。我说像我老爸那么好强的人，他讲不过你的时候，你再刺激他，就是摆明了说："你打我吧，我准备好了……而且老妈你又不是他女儿我，干什么他都可以忍。"老妈说我说的有道理有道理。可是老妈是个急脾气，即使她觉得我有道理也忍不到老爸消气……好在我妈也是懂得反抗的人，体力上她借助一些锅碗瓢盆之类的器械也能跟我爸抗衡，我从小就是在这刀光剑影里一路走到现在的，竟然还活着，我自己都觉得挺奇迹的。

去年我在学校，外婆挂电话说我爸太狠了棍子都拿起来了，是不是要谋杀我妈啊！

我当时就觉得老人家真是特别幽默，我很想说：这算什么，外婆你都没见识过大场面，你女儿更狠的时候都有呢，直接拿刀……怕刺激到老人家我就没说。

后来爸和妈终于离婚了。

爸把我留给了妈。

我也爱我老妈，只是我妈拥有的东西很多，但是我的老爸，没有我就什么都没有了。

爸说，你要理解我，你跟你妈过会过得好些……

我哭得一塌糊涂。

其实老爸，如果要我选择我也会选择跟我妈的，因为这个时候的我，是一种负担，没有我，老爸会是一个过得挺富足的工薪阶层。我庞大的学费，对我妈来说是轻松的，可是对一个工薪阶层的爸爸来说是沉重的。

老爸爱我，所以他把我留在了老妈这里。

我也爱老爸，我把自己留在了老妈这里。

爸只是平静地说这么一句，可是我知道这是老爸的一种艰难的低头。如果你爱一个男人，请你们为他记住这件事情：对一个男人，即使再巨大的肉体上的伤痛都比不上自尊心上的轻微的划痕。你可以在他身上留下一道一道伤疤，但是请你一定要承认他灵魂的强大。低头，对一个男人来说是比刀刺还严重的事情。请一定不要让一个男人为你低头。

我的老爸，从小宠我若宝。他脾气火暴，可从来没舍得打我。

我的老爸，即使选择离开，也是因为爱我。

那天下雨时

张雯

我从前坚定地认为，我爸他并不爱我，当然我也拿得出有力的证据。

他，重男轻女，记得我妈怀上我时，他没过多久就带上我妈做了B超，不知是医生的误断还是有一双慧眼识破了他的打胎计谋，医生说，是个男婴。然后我挨了10个月，出生那天，当医生说我是个女孩时，他抓狂了！然后我与母亲都陷入了危急状况，医生说母女俩先救哪个，我爸毫不犹豫地说：“当然是母亲！”但是上帝太喜欢我了，即使先救了我妈，我还是没死。

我那可爱而伟大的父亲从我出生的那一刻就对我绝望了，所以100天后，护士小姐称了我的体重后摇头感叹：“孩子轻了二两，只有6斤了，你们怎么管的呢？”

然后我长大了，一不乖就被爸爸痛骂。虽然我承认自己也不“文静”，而且脸皮也较厚，但是在我幼小的心灵上还是留下了那么一点点的伤疤和阴影！

高一了，一个学期读完后，准备回家过年，别的孩子家长都开着车来接了，只有我的家长不来，我爸说不高兴，嫌烦，叫我自己回家。我说我东西太多。他不客气地说，最多就在火车站等你，早上10点见，没商量了。

我有一位可恨的父亲，这是毫无疑问的，为什么我的命运会那么糟糕呢？放下电话我很无奈。还好我有一帮可爱的同学，他们愿意载我到上海火车站，我很高兴。我们那天出发得很晚，一路上说说笑笑，因此也忘了催司机开快点，一拖再拖，一笑再笑，到了上海，已经是下午一点了。

糟了！唉，看来今天注定我要拎着两个大箱子（一个还缺了轮子），在如此“细雨绵绵”的诗情画意中回家了。但我还存一丝希望，还是去与老爸约好的地方碰碰运气吧。一到那儿，根本看不见，因为人太多了，找不到。

还是打的吧，我又不是傻瓜，还真拖着行李回家呀！我不干！反正到了家付钱的是你，谁叫你不等我，我要气气你。

随手在马路旁一招，车停了，放好行李，开门上车。全身轻松了！看着拥挤的人流，我暗自庆幸！突然被一个背影吸引，他哆嗦地蹲着，手中拿着一根烟，只是拿烟的动作很熟悉，我眯起了眼，随着司机开车的角度不断地变化，从阴暗到光明，“停车！司机快停车，是老爸！”我发疯地跳起来，在司机诧异的目光中打开车门，直冲那个背影，那个在冷风中哆嗦着的头发花白的可怜人。

我不断地大叫，可是他却仍然没听到，可能是人太多的缘故。我正急着挤进去时，一位大伯走过来说：“你叫他是吗？“嗯！”我心不在焉。“他等了四五个小时了，中饭也不敢吃，怕错过了你……”

我鼻子一酸，眼泪蜂拥而下，“爸！老爸！我在这！”终于，他似乎听见了，抬起头，那一刹那，紧绷的脸展开了久违的微笑……

妈说：“爸其实很爱你，你一天天长大的样子越来越像他，还有性格也倔强，更似他。他这段时间因为你不在家，所以每顿晚饭吃到一半都会因为不适应而早早睡了……”

我相信我妈的话，真的，我以前从不相信她的话，觉得她一直在骗我。可是这次我信了，因为那个雨天。

我们在这个世上，只有一个父亲和一个母亲，请在他们活着时对他们好一点吧，我一直记得母亲节，但我从不记得父亲节，今年的父亲节我一定给爸爸打个电话。

岁月留香

曹晓雪

外婆爱熬汤。

上了年纪的老人，多是腿脚不便，需人服侍的。原先家中有过保姆，可后来不知怎么，都被辞了。问她，她只说："上下健全，没必要花这冤枉钱。"但她终是经不起劳碌过繁，请了一个女工过来，却也只做饭、洗衣服等，并不在家里住。一时觉得轻松下来后，老人开始无事可做，于是搞起了烹饪。其实她原先做的菜是极好的，虽不是星级厨师的水平，却与我的口味十分相合。尤其是熬的汤，无论荤素，牛肉的、排骨的、蔬菜的……直到糊状的粥，均是佳品。每有品尝，便博得食客一致赞美，她却是笑而不语。

我看外婆熬汤，看她浑浊的眼睛在热气氤氲中变亮，看她横亘的皱纹在隐隐的笑意中加浓，看她并未全黑的发丝偶尔泛出微光——早已不及我高的个头，颤巍巍。

一样一样的调料入锅，却与我脑海中的汤谱不谋而合。我暗暗吃惊，因自己做的汤总不能与外婆一般鲜美。几经周折，终是打消了"偷师"的念头，还是乖乖品尝罢，别自找苦吃，人家既不愿让你知道，自是有她的理由。

怕是她看出我心中好奇了罢，某一天，她终于对我说："且来学罢。"

我一惊。

她笑，她说："我自让你明白缘由，如何？"

学罢，我看她依是照旧放着调料，起锅后，她说："缘自时间。"再细问时，只听得这样几句——

"你可否听过这样几句话：'熬汤如饮醇酒。酒，越酿越醇；汤，愈熬愈香'。"

其实如文字一般，陈年佳酿，年代越久，其味越香越醇。因而，有些作品可以感动百年。

我信。

我看着这风霜清寡的老妇，看她沟壑纵横的老手，看到了岁月的沧桑与变化。

可是岁月，带不走她独特的观察与感悟。她并无其他可以言说，只是这只言片语，让我明白时间的伟大。让我明白：文字如汤，人也如汤，逝去之时，留下真知灼见。原来苍老，也是一件美好的事情。比如外婆，看见她残余的生命散发的无限的光芒，我欣然。

岁月流转，垂垂老矣，情怀依旧。

第三部分

丢在风里的青春片断

有关青春的片段，我无法全部写下。有人说，当你学会回忆学会怀念的时候，你就老了。所以我只写一半，一半用来回忆，另一半，我决定遗失在年华的风中。

——姚浏浏《丢在风里的青春片断》

长大了，去远方，流浪

糖宝贝

一

不记得是从什么时候开始，我近乎诡异地无数次与那个梦境相逢。

在梦里，我光着脚奔跑，任砾石啃咬我的脚趾、草秸划破我的脚掌，所有的疼痛都无法阻止我的前进。

风吹动我的长发和裙子，那是一条很长很长的裙子，长到使我的脚步牵牵绊绊，这让我不得不提着裙摆奔跑。裙子上有复杂的花边和华丽的蕾丝，我忍不住想要停住脚步，穿着这样的裙子在月光下起舞——脚尖轻点，旋转——可是那种莫名的恐慌却推着我向前不停地奔跑、拼命地奔跑。

我固执地向着远方奔跑，心中有着满满的恐慌，仿佛是一次逃离。我跑得不太快，唔，也不算太慢。我就这样跑着跑着，然后就是突然的惊醒。冷汗涔涔，虚弱与迷惘自心底升起，泛漫开来。

这样仓促的醒来多半是在午夜，月光透过镂空的窗户琐碎地洒落，一颗心却仍栖栖惶惶地吊着。除了自己的喘息，什么声音也听不见。不知为何会在梦中这般无止境地奔跑，用尽自己所有的力气奔向远方。但我一直都在努力长大着，并倔强地认为远方才是故乡。

二

我说我要一个人去远方流浪，背着很大很大的背包独自上路。以摇曳的心栖身于车船，与许多陌生的人一起奔向远方。

也许旅途不是目的，而只是过程。在这过程中，我可以对着陌生的面孔微笑，可以抬头看窗外的天空，看那瞬间倒退无踪的景物，即使这些我都把握不住。

我想去西藏，那里有清澈明亮的天空，有许多虔诚而痴狂的人们，他们一路磕着等身长头，朝着自己心中最圣洁的地方顶礼膜拜。我想去普罗旺斯，那里有大片大片的向日葵田，那些明媚的花朵，灿烂地绽放着。我想去西班牙，那里的近乎妖冶的阳光，总是以最温暖、最明亮的姿态涂抹大地……

我固执地要一个温润、舒展的抵达。

三

记得初中毕业的那个暑假，我独自一人去新疆，从武汉坐两天的火车到乌鲁木齐。

在火车上，我听Sinead O'connor的CD，躺在窄窄的床上看小说。偶尔会拿出零食来边吃边和上铺的男孩聊天，我们聊着一些无关紧要的话题，小心翼翼地不去触碰各自的生活，有着淡淡的疏离与迷惘。

因为不想吃火车上的盒饭，每天我都会穿越好几截车厢去餐车吃饭，边吃边微笑着看窗外的景物。

到乌鲁木齐的时候是早晨，走出火车站，便找了个小店吃牛肉面。很大很大一碗，我慢慢地吃，偶尔抬头眯着眼睛看店外明媚的阳光。随着旅行团一起去参观高昌故城，在那些坍弛了的建筑之间徘徊，突然想起了金庸的《白马啸西风》。一直很喜欢李文秀，那个独立而倔强的女孩——“那都是很好很好的，可是我偏不喜欢。”这里说不上好，但我很喜欢，真的。太阳很大，有工作人员赶着驴车载游客进入城内。我选择了步行，顶着烈日。灰尘在空气中弥漫，四周都是形状不一的土堆，还有偶尔经过的游客。

我边走边喝着带冰块的矿泉水，独自庆祝自己的15岁生日。

四

那次新疆之旅并没有持续多久。临走的前一天，我去广场拍照片，那里有很多鸽子。我买了两包干玉米，放在手上，许多鸽子飞到我的手臂上来抢着吃。因为害怕，迅速将玉米撒在地上，然后又因为自己的胆小而偷笑。

曾无数次想过要去远方流浪，就这样独立而固执地行走，有着最简单、最原始的快乐。也许还只是个孩子，将流浪想象得太过浪漫美好。从小便在宠溺中长大，想必是承受不了流浪的苦。但至少现在我依旧向往着远方，虔诚中隐隐有着几分倔强。

五

那天和姐姐说起我和她还有天女三姐妹高三毕业后的计划，我们说要挤在一起看星星，住透明的玻璃小屋，屋后种着大片大片的向日葵。我们拉着手在草地上奔跑，十指相扣。野花放肆地烧到天边，远方有人在对我们微笑。

都是十几岁的姑娘，手拉手幻想着自己今后的生活，也许美好得永远都无法实现，但我们却乐此不疲。

我们想快点长大，好一起离开家乡去远方，这样的理由显得有些没心没肺。无论如何，我们在长大，总有一天要踏上去远方的路。这条路，是我们自己选择的，我们会坚持走下去。路途上，我们为自己放声歌唱，并选择了一种方式，为自己将要逝去的青春命名……

寂寞说我累了

遥 远

似乎是一个明媚又简单且阳光灿烂的日子吧，我正往上扬起嘴角对着谁笑得一脸阳光灿烂的时候，M突然揉乱了我的头发对我说，你真是个疯小孩，为什么总是笑不完呢？是呀是呀，因为多微笑的人才不会老得太快啊。我仰着脸，这么笑着对他说。然后一转身，脸上的笑容就垮下来。好像是一面很疲惫很松垮的墙，有一天突然倒下，毫不犹豫毫无依恋的样子。

为什么总是笑不完呢？为什么总是笑不完！

因为我不笑的话，我怕自己就不知道要用什么样的表情面对着世界了。因为我不笑的话，我怕自己就会难过得想哭。因为我不笑的话，我就会想起自己每天每天都活得很累很累。

这种思考逻辑怎么想都觉得很怪。可是我可以大声说，因为我是双子座的人，我具有双重性格，我的想法都很奇特，你理那么多干吗啊……只是面对数学成绩或物理成绩，那糟糕到不行的两位数字，就不是一句“我是双子座的人”可以搪塞过去了的。

所以我说我每天每天都活得很累很累。

其实我一整天都没干什么，也没怎么念书。我一拿起数理化的课本大脑就会先罢工给我看了，我会觉得头脑一片空白，然后连续几个钟头盯着课本却什么也没有看进去。我到现在还搞不懂什么是增函数什么是减函数，气体体积和气体摩尔体积到底有什么区别？我会拒绝去想这种问题，虚度时光，看完郭敬明的，看韩寒的，看落落的，一本一本的小说。然后事后一个人后悔到死，暗自指责自己说，我怎么可以这样子我怎么可以这样子啊……再下定决心说我一定要好好学习天天向上。只是到了下一个周末依然看小说看到死。

真是悲哀。

有时候觉得自己真是一个虚伪的人，明明对谁谁对某某讨厌得要死，见了面却微笑打招呼说见到你真高兴。我真的很悲哀。我们班有一个女生上课嚣张到不行，老师在上面说一句，她就在下面回一句，我真的好讨厌好讨厌她，可是连这讨厌都不全是真的。其实我只是羡慕她张扬的个性和她的勇气，羡慕她有不懂的地方敢在课堂上直接提出来而已。其实我上课真的没有被她打扰到，因为大多时候我都没有在认真听课，要么是在游神，要么是在看小说，要么是在和同桌讨论谁谁又出新书了，某某老师今天的衣服配这条裤子很难看等等的。

只是一个学生做到我这种程度真的只剩下两个字了。

没救。

一想到这里我就很难过。为什么我不能像别人一样捧起课本就念书念到天荒地老呢？我情愿做个书呆子我也不想让我爸爸妈妈伤心，可是为什么偏偏我就是这样子的呢？

我呐喊我叹息，可是拿起课本却又觉得孤单，觉得累了。然后我想我真的是没救了。

有时候我会想起一个小女孩那么乖那么乖的样子，在几年前笑得一脸纯真一点也没有疲惫一点也不虚伪，想到最后我都不敢相信那就是曾经的我了。为什么当时间的洪流卷了我往前冲的时候，被遗留下来的却是最宝贵的东西呢？为什么当我笑得假假的时候，还会有人说觉得我每天都好开心好开心的样子呢？

FOX曾经说过，她觉得我整天都嘻嘻哈哈，对什么事都不在乎的样子让她觉得好羡慕，这样子的我一定不会寂寞不会孤单吧。

其实她错了，就是因为我是最怕寂寞的那个人，才会装出什么都不在乎的样子。我常常一个人骑车是因为我害怕每天都有人陪的话，太幸福，上帝会不会眼红而让我感受到如其乘方的寂寞？有一段时间我一直被人冷落，我都假装什么事都没发生，可是几个人一起说话一起大笑，只有我一个人笑得了无声息，那么无措，以至于我现在有了很多朋友，A，阿T，花花，飘，破破……可是我都不敢太幸福，我那么害怕有一天真的被人遗忘，那再怎么寂寞都没人知道了……

我只有一直微笑了。

可是有一天FOX突然离开了，我一边不知所措一边眯着眼睛对她笑。她都不知道我仰望天空看着那白得发亮的云的时候，眼泪会突然想掉下来，我还用那么坚决的语气对她说，不用担心我不会想你的。

只是她才走了几天我就忍不住半夜躲在被窝里给她发信息了。

“FOX，如果有一天我只剩下回忆，你拉我的手，微笑着叫着我的名字的时候；如果有一天你在我的记忆里只剩下一个模糊的轮廓的时候，我会难过得想哭……亲爱的，有一天，我们会不会因为空间形成了距离，时间垄断了牵挂，而毫不犹豫地将彼此忘记？”

98个字，我按了近半个钟头。点了确定，系统说，超过一条信息，按两条信息收费？再点确定，屏幕浮现“发送成功”。然后时间突然由23：59跳到00：00，一瞬间我觉得很黯淡。FOX应该睡了吧，她一直都是个很乖的学生，坚信着“早睡早起身体好”的原则。可是，如果有一天，当我们面对面站着，只剩下对彼此说HELLO你好的时候，我真的会很伤心。

我真的会很伤心的。

我是一个胆小鬼。我害怕遗忘，害怕寂寞，害怕学习，害怕生活，所以我要一直微笑一直微笑，一直微笑到天荒地老。

直到有一天，连寂寞都开口说它累了。

然后我会说，亲爱的，我也是……

再见，我的15岁

流萤回雪

我踏着碎碎的梧桐叶走出校园，风吹的时候那些叶子飞成很美的姿态。从我的身边走过了一个又一个孩子，他们穿着松软温暖的衣服，大声叫着唱着。听到身后一个男孩子吹了一声口哨，然后我感到头顶的空气好像划过了一个圆满的惊叹号。忽然在这时想到再过几天，我就要跟我的15岁说再见了，马上就觉得心房有根弦被猛烈地拨动。

我的15岁啊，那些年年岁岁、岁岁年年……

一

15年前某月的某一天，世界上多出了我的呼吸。我当时的哭声如此嘹亮，以至于整个单元都知道了我的存在。父亲不会抱小孩，用近似于抱炸弹的古怪姿势抱着小小的我，呵呵地乐个不停："我当爸爸啦。"而我只是哭泣，安静一会儿，然后继续哭泣。后来我学会了笑，在妈妈的怀抱中，我胖胖的白嫩嫩的笑脸上扬起了两道美丽的弧线。

当年妈妈给我讲这些事情的时候，眼睛里闪烁着很幸福的光辉。许久，目光又移到我身上，把手插到我柔软的长发里，慢慢地，慢慢地抚摸。

"女儿，你是妈妈的幸福。"

一种极大的温情灌入我的体内。

二

童年的我真是一个骄傲的小公主，身上几乎聚集了所有爱怜和嫉妒的眼光，我把头颅高高地扬起，听着耳边那些窃窃私语：“看，那就是校长的女儿。”当然有时也会讨厌这种身份，当考试卷上画着高高的鲜艳的分数时，身边的孩子们说那是因为老师偏心才打了高分。那些稚嫩的指责刺痛着我小小的心灵，我转身走到教室的窗边，推开了一个春天，泪水从眼睛里坠落，坠落……

然而就算是有这样似乎高不可攀的身份，我还是拥有许多伙伴的。我的童年不是孤单的童年。像所有的小丫头一样，上课喜欢和同桌没边没际地聊天，当发现老师在用严肃的眼神看着自己时，努力装出很无辜的样子。像所有的小丫头一样，晚上写完作业后和好朋友在夜的翅膀下没完没了地疯玩，把所有的天真和快乐挥舞得漫天飞扬。

一天，当我翻看童年穿过的衣服时，从一件粉色裙子的衣兜里，滚落出一个皱皱的纸团，我费力地把它展开来，看到了上面歪歪斜斜不圆不正的字体——“今晚，小花园，竹蜻蜓。”

霎时间我觉得童年真美、真开心，然而那些小伙伴已经四散了，那些岁月也成了永远永远的记忆。

三

仍然清晰地记着初中的第一个早晨，那时的天空是淡淡的蓝，有几抹白而柔软的浮云。我牵着好友的手往新教室的路上走着，心中有点不安。我说，我们此后就不是小学生了。她说，是啊，不是小学生了，咱们在长大呢。

是啊，咱们都在长大呢，我对自己喃喃地说。

初中的教室在一楼，整日被阳光填满。往窗外能看见一大片婆娑的绿树。当我的桌子搬到窗边的时候，就会觉得自己是整个世界上最幸福的孩子。芝对我说我是她在这个世界上最好最好的朋友，然后我俩一起在座位上大声傻笑，全班同学都用极其怪异的目光看我们，随后我们很知趣地低下头，捂住嘴，把声调降低，咕哝咕哝，像海底深处冒出的大朵大朵的气泡。

那时我们会偷偷地给班里的每个同学和老师起很好玩的外号，还暗自成立了一个“神经病医院”，把那些专爱欺负女生的男生当作病人，还编了号。本来我们打算把“医院”当成永远的秘密。可是后来还是不小心露了馅。有一次班上一个男生揪我辫子不放，急得我大喊：“7号，你该吃药了。”呵呵。

2007年12月24日。由于学籍的原因，芝回到她很远的老家去参加中考了。那天我哭得不能自已，我看着她空荡荡的桌子跟老师说，能不能允许我换一下桌子，我想用芝的桌子。

之后，又有还有丹，还有甜，还有璐和凡。只是她们都一个个地走失了。有时，对这些朋友的思念就像田野里的矢车菊一样大片滋长。

四

14岁的今年春天，空气格外的潮湿，在走廊里就能看见黑板上特意用红粉笔写得大大的倒计时，我深吸一口气，定了定神，然后就跨入了初三下学期的门槛。

在书堆里埋得太久会缺氧。那些白纸黑字，看久了眼睛会很痛，那些书页，也早已失去了刚刚拥有它时的新鲜感。我在心里默默地想：“加油啊。”然后用小刀将这三个字往木头课桌上刻，一遍又一遍，刻得好深好深，它会不会很痛呢。

夏天来得那么迅速，以至于我还没有把手头上所有参考书都翻遍，黑板上的倒计时就已经被狠心地削到了两位数，很无辜地晾在那里，任我们这一堆孩子灼灼地看着。

之后，黑色的6月还是闷闷地来了。中考的成绩一般，没有所盼望的奇迹出现或是所恐惧的发挥失常，当电话里的那个女声把我的分数轻轻说出后，我感到释然。九年义务教育总算这么结束了，就是这么一个分数。

距我的16岁还有31天。

时光就是这样在指尖跳跃着过往，我想。

再见，再见，我的15岁。

关于爱关于梦

许　尘

许尘刚上初中的那天穿着一件蛮夸张的衣服。对于一个“娃娃”来说是一个很天真的造型，而对于一个少女来说是“暴露”了些。于是许尘当天就被班主任沈老师找去谈话，许尘的眼睛瞪得大大的，似懂非懂的样子。她还是个“娃娃”，不是“少女”。

也许自从那天起，沈老师就对许尘没有一点好印象。她四十多岁，衣服款式新，头发也做得勤。比起同龄女人也算是相当漂亮。许尘这样想。可她却严厉地禁止所有女生有任何一点夸张的打扮。许尘是听话的。她一直到初中毕业都只梳马尾辫，秀直的长发上总是被头绳勒出一个弯。

许尘的成绩不错。年级里八个班，数二十个肯定能数到的，只是英语偏差了些。偏偏沈老师又是教英语的。许尘不喜欢那些圆圆划划的英文字符和沈老师鄙夷的眼光，它们和她弄得她很头疼。

初二的时候，省里举行了一次英语奥林匹克竞赛。沈老师到班级宣读了她要求报名的人的名单，长长的一串，大概有二十多个，却没有她许尘的名字。她是年级里的前二十名，班级里取了二十多个，却没有她。许尘承认那一刻她的心中是有一阵小小的刺痛。

不被当作宠儿的孩子也一样健康成长。许尘长大了，个子不是很高，但也有了少女的那种清秀气质。她不再是娃娃了。她仍旧只是梳着马尾辫，终年如一。她也有朋友，也常说笑，偶尔有阵小忧愁，淡淡的，却是刻骨的。

初二的时候收到了一个高中男孩子写给他的信。一个她并不怎么熟悉的男孩。她觉得他说的“喜欢”太轻易了。

许尘没有回信。她是好孩子。她不交男朋友。

于是男孩开始在她家楼下等。从下午放学开始等一个小时左右，然后不吃东西就回去上晚自习。许尘的态度很坚决，她没再见过他一面。最后，他找人给她送了封信。没有说悲伤，没有说留恋，只是大大地写了“对不起”三个字。

故事的最后，他和她说“对不起”。她漠然地笑了笑，心里挺不是滋味的，这句话应该是她的台词，这个故事让她那苍白的青春有了一点红润的颜色。

许尘的同桌叫作王男。学习成绩和许尘不相上下。可是，唯一不同的是，他是沈老师的宠儿，是她亲自任命的班长。许尘觉得沈老师看王男的眼光都是慈爱的，欣赏的。一次在英语课堂上，沈老师问了许尘一个问题，许尘没有答好。于是沈老师用失望的眼光望着她，然后让王男来给她讲一遍。

许尘站在那里，头深深地埋了下去，再没心思去听王男在说些什么。只感觉教室里所有的响声都是耻笑声。许尘记得在一次英语考试的卷子上，沈老师用红笔大大地写上了：你真让我失望。

其实她也很令许尘失望的。

中考前大家都忙着签同学录，留下各自的祝福和联系方式。因为这世界太大了，在这茫茫人海中寻一个人也太难了。可是沈老师却说：大家别再签了啊，等中考过后，我把大家聚在一起，好好地签同学录，谁也漏不掉，好不好？同学们很听话，乖乖地放下同学录，继续拿起无尽的卷子做题。

而中考之后大家都没再见过面，更没有聚在一起过。于是沈老师的话成了一句彻彻底底的谎言。许尘决定不原谅她。

中考的那套卷子是唯一的老师没有对考得不好的同学大吵大叫的一套，也是许尘永远不想去找标准答案的一套。对它的答案感兴趣的只是下一年级的学生了。这结果是黯然而单调的，只是那过程，触目惊心。许尘的中考成绩比平常偏差了一些，但也顺理成章地进了重点高中。只是比王男少了0.5分。一个很戏剧化的结局。

依稀记得那天是阴天，考完中考的最后一个科目——英语，许尘并没有急着赶回家。她直接坐车去了市中心。在一家卖时尚物品的店里买了一支唇彩。这是她十六年里为自己买的第一支唇彩，是粉红的颜色。她把它揣在口袋里，心却咚咚地跳个不停。她第一次感受到了有关于成长的晦涩与甜蜜。

然后那支唇彩便被她放在抽屉的一角落灰，永不见天日。但却从未被遗忘过。它对于她来说并非只是一支唇彩，而是具有重大的意义。许尘笃信。

再后来许尘上了高中了，依旧是个扎马尾辫的姑娘。虽然学习压力很大，生活却很充实。

这里的每一个孩子都有灿烂的笑容，可以用自信的声音大声地说出自己的梦想。许尘也有梦想，该到来的都会来的，该实现的也都会实现的。她坚信。

女孩仰起头，终于可以平静地微笑。那些成长历程中的追逐与失落，自卑与晦涩，都已经过去了。真的，她有梦想了。她应该去为这梦想而承受什么了，或者说，是必需的。

丢在风里的青春片断

姚浏浏

我一直觉得，青春二字不能轻易写的。这是一个盛大而有空洞的主题。该如何描绘呢，描绘我所生长的那个嘈杂的年代，描绘我那还未结束却接近结尾的青春。我所能说的，不过是一些片段，被生活裁剪得零零碎碎，纵使能勉强缝补成衣，也不再合体。

但是在这个下午，坐在电脑前，我忽然有了讲述的欲望。讲述那些春的树夏的花，太阳下的阴霾，青春的欢喜与痛楚，我走过的尘土飞扬的小路。那些关于青春的片段。

暑假过后，我把姐姐从山东带给我的海螺拿到学校给包包看。包包发出如我第一次见到这个海螺时的惊喜感叹。这是远离真正的大海的小孩所见过的最漂亮最大最夺目的海螺，我们可以清晰地看出上面的花纹，将鼻子靠近，还可以闻到大海咸咸的、潮潮的味道。

“你说在海螺里种上仙人掌，那得多漂亮啊！”

我真想拥抱包包，你说这小脑袋里怎么就那么多稀奇古怪的主意啊！在海螺里种仙人掌？海螺两头通透，塞进泥土，压实，小小仙人掌伫立在其中，还未曾实践便能想象是多么奇妙又可爱的情形。

第二天，教室的窗户边上就出现了我和包包的杰作。上课的时候总忍不住偷偷看几眼，下课后又拿笔去拨弄它，心想，它怎么不长啊？天天一个模样，莫不是水土不服吧！

后来玩腻了，我和包包也不再太多地关注它，它就这么孤零零一个在窗边。

一天上课，我们突然听到爆裂的声音。向窗边望去，原来仙人掌越长越大，终于海螺被撑破了，变成一对薄薄的碎片，散发着泥土加海水的奇异味道。原来，它一直在长大，即使在没有我们的关注下，它仍在一点点向上长着。

我们没有寻找到仙人掌的身影，当我们再次看到它的时候，它已经自己在教学楼下那片花园找到足够生长的土地。我们翻过栅栏，看着这个有点陌生、历经坎坷的仙人掌，小心用手触碰它，小刺扎在指尖轻轻的，很舒服。当我正玩得兴起的时候，包包坐在旁边的草地上，指着天说："看。"我仰起头，天非常蓝，有大朵的云，以我从未见过的速度飞快地掠过。秋天的午后，我蹲在百花丛中，天上有云。花园内种了一株坚强的仙人掌。周围很静。秋天就要过去了。

一些年后，当我想起年华这个词，觉得它就是飞渡的流云，和园中寂寂无声生长的仙人掌。

考高中的时候，我看上一所离家很远的学校。因为他们那里有很好的文学社，有很好的团体，有很好很好的老师，只是，有不大好的距离。离家不远的另一所高中又给了我保送名额。母亲认为做事稳妥最重要，没有必要放着眼前的甜瓜不要，翻山越岭、跋山涉水地去摘个不知道怎样的果子。

而我又是铁了心似的，定要去那所高中。中考的日子逼近，签保送合同的日子逼近，在和妈妈发生的第N次争执的时候，我生气地想：你要稳妥，对么？那是不是如果我拿到那所学校的保送名额你就让我走了呢？！

打开电脑，我开始写求学信。那时候初三，家里停了网络服务。只有等到第二日到学校和班里的电教委员商量借课室电脑发出去。我还记得那时候我在讲台上发E-mail，在那所学校BBS上贴帖子的时候，我的同学在讲台下是如何深情地看着我。帖子是粘上去了，信是寄出去了，可心里的惦记还在呢。我继续挑灯复习，看上去和其他人无异，但我总觉得我理想的火苗比他们先点燃了。

第三天，我上网看，好多好多陌生的网友给我鼓励，还有老师给了支持，热泪盈眶啊热泪盈眶。就像你一直在坚持着什么，但身边的人都一直反对，而你始终坚持着，终于有一天，有人站出来支持你，那种激动的心情无以名之。我看到自己的理想之苗燃了起来。

我记得刚开始我说要考那所学校的时候，很多老师同学都不理解，他们的想法和妈妈一样，大家争都争不及的保送名额你不要，你去冒什么险呢。

我突然成了一个不懂事、不知轻重的孩子。我为大家的反应难过，但对那所学校的渴望冲淡了我的烦恼。我告诉自己：得到之前总是要失去的。

后来那所学校的老师，甚至是校长都给了我答复。他说：你来我们学校吧，我们可以给你保送名额。再度热泪盈眶，我的坚持不但得到了支持，还得到了回报。我实在是个幸运的孩子。

我记得自己瞒着家里偷偷请了假，坐了一个半小时的车来到那所学校。那是我签的第一份合同，自己的签名是那么的稚嫩，一点风格也没有。可那已经不是我所在意的了，看着那所学校绿茵茵的操场、红彤彤的塑胶跑道，我似乎看到自己在上面奔跑的身影。那一幕，今天回想起来，真的真的没有走远。

后来，我还是没有去那所高中。几天前见到初中一个不太熟的同学，她问我去了那所学校吗？我很抱歉地告诉她没有。哪知道她的表情比我更遗憾，她说：姚浏浏，你知道你那时像个勇士，那么执着，我们私下里都在议论你呢，尤其是你居然争取到保送名额的时候。你知不知道，你那时候简直是我们的学习榜样，为了自己的理想而拼搏。

我惊诧了好久。这是我没有想到的。

现在看来，其实当时那所学校不过是理想的代名词，我所执着的并不是那一所学校，而是年少时的理想。那种对理想的执着，是我青春最美丽的片段。

喜欢过一个人，是真的喜欢啊。那时候想到他，觉得心里要开出花朵来。我买了一本信纸，在封皮上用黑色钢笔写上“For my best lover”。他的一颦一笑，都是可以让我写满整页纸的。

他不喜欢写作文，每次我去办公室送作文的时候他总一脸委屈地跟在我后面，好像要他交作文是我的不对似的。

“晚几天好不好？晚几天我就交了。”

“你总是这句话。”

“拜托了！”

“老师知道会骂我的。”

“你不说就不会啊，老师那么宠你不会的啦！”

“……”

“好了，过几天我就悄悄送过去，不会有事的！”

总是快到办公室的时候，我会说：“好吧，下次不要这样了。”他像得到释放似的高兴跑开。然后下午我的抽屉会有两个黄澄澄、胖乎乎的芒果。听说他们家好像是做进出口水果生意的。

后来毕业了，我的信纸也在搬家的时候遗失了，我记得还有好多没有写。今年过年同学聚会的时候我见到了他，他还是一脸阳光，笑起来会有好看的虎牙。他走到我面前，递给我两个芒果。好友在旁边看见说：浏浏对芒果过敏的呀。他有点诧异地眨了眨眼睛：我从来都不知道的呀。

我笑了，他不知道的，又何止两个芒果。

我18岁，已经站在青春的尾巴上了，在高考的重峦叠嶂中，有关青春的片段，我无法全部写下。有人说，当你学会回忆学会怀念的时候，你就老了。所以我只写一半，一半用来回忆，另一半，我决定遗失在年华的风中。

让风轻轻吹过

赵 帅

X年X月X日 晴

“呀！怎么才星期二呀！”小玄手拿着台历不高兴地咕哝着。

其实这才是住校的第二天，原本还对这种生活充满向往的她现在也不由得想家，多少天来幻想着的热情与新鲜感很快为枯燥的现实所冷却，她开始怀念曾经那段没住校的日子……

当夜悄悄打开帷幕，路旁高耸的华灯一盏盏亮起，同圆圆、小嗡有说有笑走出校园，与一群同路人拥上回家的大巴，在喧闹声中看一幢幢高楼飞驰而过，偶尔向总会碰上的陌生人点头微笑……一推开家门就会有热气腾腾的饭菜摆了一桌；老爸放下手里的报纸来接自己的书包；老妈边用带着油渍的围裙擦手，边走上前来问长问短……那是多么幸福的感觉。想着想着，小玄觉得心里酸酸的，是种没法用言语表达的伤感。现在好想听听妈妈的声音。

X年X月X日 多云转晴

小玄到新的班级自然也交了新朋友，她叫婉。小玄与婉刚好同寝，又是头对头，所以两个人在一起似乎显得更亲密了，不过，谁也不知道，小玄是很嫉妒婉的。婉是个很漂亮的女孩子，很温柔的个性，学习也十分好，又受老师喜爱，可这一切对于小玄来说她都不曾有，所以嫉妒，她恨上帝为什么将美好都给了婉，但小玄却没有勇气离开婉，所以，日子就这么一天天过去，不时话不投机，吵个小架，也不会坚持多久。

但事情总不会这么顺利的，终于两个人开始了冷战，沉默代替了一切。

小玄开始一个人上学，一个人去食堂，一个人洗漱。她觉得自己好寂寞，她不断地想是不是自己太过分，感情是应该两个人维护的。她开始后悔，不安；她不时地用眼睛瞥婉，希望上苍给她一个机会，可她又不肯主动低头，强迫自己表现出没有婉也无所谓的样子，可是……太多的可是，小玄还是先沉不住气了，小玄悄悄对寝室长说："这都一天了，婉怎么还不和我说话，是不是真生气了……"

寝室长一笑。

吃晚饭的时候，小玄皱着眉头整理着自己桌上的书，她用余光看向婉的座位，空荡荡的，觉得自己也被抽空了似的，心里好难过，像吃了苦胆。

突然有个人轻敲她的桌子，笑嘻嘻地说："干吗呢！再不走，我可不等你了。"

小玄抬头，愣愣地看着婉，然后似乎明白了什么似的，一下跳起来，猛拉了一把婉，高昂起头就往前走，满脸的笑意。她回头，冲婉眨眨眼，撒娇似地嚷："谁要你等啊！"

初秋的夜空显得格外高远、清凉。

X年X月X日　浮云两三朵

快考试了，时间就越显得紧了。

飘飘看着桌上的练习册，抿了一口热水，长出了口气，小玄乐呵呵地说："你还挺有情调的啊，学人曹操对酒当歌啊！"

咩咩过来一折小玄的肩，"哪有，人家比曹操高级！人家对水当歌。"

寝室长拿着透明皂从洗漱间回来，一进门，就大声问道："喂！你们说这洗衣粉和这透明皂混合会有什么反应呢？"

"啊——"

"你看化学看多了吧！还是看生物吧！好得分。"咩咩劝道，"对了，就说上次，那只在女寝室吃巧克力的老鼠。若是我们在门前挂一排死鼠，你说那老鼠会怎么办？"

"嗯——"咩咩想了想，"那得看那老鼠的智商如何。"

"嗯？"大家把椅子拉过来看她。

"如果它的智商在100到200间，会将死鼠拖回，研究一下，看看如何防治。如果在0到100间，它呆一下，然后告诉自己吃食物要注意。如果在100

到0间，它什么也不想，该做什么做什么。”

哦——

“譬如像小玄这样的！”咩咩补了一句。小玄跳了起来，脚被椅子拐了一下，差点倒下，大家一阵笑。从此，本寝的新闻栏推出了咩咩的《咩氏耗子论》，据说当月很是热门。

X年X月X日　朝霞满天

时间总是在不经意时从我们的指尖匆匆而逝。

小玄和室友们都拉出了自己的大皮箱，开始收拾回家的物品。清晨金灿灿的阳光斜射入房间，照在乱摆的物品上，添了几分离别的愁绪。

小玄不记得她是什么时候不再怀念曾经的生活，也不知什么时候融入她们之中，她所知道的只是她现在真的很幸福。

QQ将最后一件衣服放进了皮箱，起身看看四周，叹了口气：“我怎么觉得这像要进行离别仪式似的，让人觉得有些伤感。”

“嗯——”小玄一笑，不过明年开学我们还会再见的，还要住在一起。

大家什么也没说，彼此迎着朝阳，奔向远方，让风从我们身旁轻轻吹过！

16岁转身言谢

林懿娟

16岁以后，世界是否仍充满童话的甜香？

16岁以后，是否还能在大人怀里撒娇？

16岁以后，能否背上行囊携友走四方？

16岁以后，彩虹是否仍会在梦中出现？

关于Family

很久以来，自己总是向往远方的风景。当小小的我一个人待在家中时，阳台便是我最爱的秘密天地。我可以一个人花一个下午的时间静静地注视着天空中的飞鸟飞来飞去，白云变幻着各各不一的图形，细细地数着：这是小熊、这是小马、这是……现在想起来，也不知那时的自己究竟在想些什么？泛黄的记忆中，这些场景曾长时间地停留在我大部分的童年生活里。

飞翔是什么滋味？山的那边会是什么？海天交接处是否会有别样的美丽？无法预知的惊喜总让我有份的莫名期待，致使常常无视于咫尺内的珍宝。

我知道，幼儿园毕业照里梳着可爱翘翘辫子的我，是让妈妈放心不下的小淘气；小学时，学校离家远，爸妈轮流接送我，风雨无阻，怎一个爱字了得！初中每天早晨必带的牛奶总是散发母亲关怀的香气。我也知道，英俊的爸爸和貌美的妈妈，在用他们的青春岁月滋润我成长。16年来，我一直没有好好地替母亲梳一次头发，没有认真地为父亲烧过一顿饭。我该如何报答双亲多年来这份沉默而厚重的爱？

曾经在一本英文杂志上看到关于英文单词Family的解释，多么美丽而巧妙呀！“Family”就是“Father and mother，I love you”的每个单词的首字母的缩写。原来，不起眼的单词也会有如此美丽的释义，这不正像是再平凡的父母心中也会有世界上最伟大的爱吗？

16岁了，才发现爱就一个字，也许一生都不会说一次，但如今，请让我转身言谢吧。“爸妈，我爱你们！”

关于墙

传说，在荒芜的戈壁上有一堵墙，它是沉默且沧桑的。这堵墙，我也曾触摸过它，依靠过它，信赖过它。看着它斑驳的石体，墙根处已长满碧绿的青苔，颜色黝深暗绿，靠着它，放松自己，或小憩或低语，或者只是单纯地拥着它哭泣而已。见我哭，它不语，也许只是我的一时任性，也许真是心中苦闷，但这一切对于我和它都不重要，重要的是我和它一直在一起。有时会遇到暴风雨，孤身一人的我只能独自面对，但背靠着它的感觉会给我一种力量，让我有勇气面对一切的不顺。

这堵墙就是我的朋友们。

也许我们天各一方，也许我们许久未曾联系，可是我们各自心中清楚：有一个人一直在远方默默地为自己祈祷着，祈祷自己永远快乐。就这样，想想也是一种别样的幸福。

有时，我的朋友也会来找我，倾诉痛苦，抱怨不公，将眼泪和不愉快通通扔给我。此时的我便会微笑着安抚他们，接受他们在困难面前的胆怯，然后给他们我所有的力量，尽管那时的我，身后也有可能是一片荒芜。

牵手走过那么多年，转身回眸，一路上深深浅浅的脚印记载着我们的故事，那些盛开在记忆深处的花朵啊，是我们曾经的笑靥，暖暖的风夹杂着梦的气息，让人陶醉。亲爱的朋友们，感谢你们陪伴了我那么多年，让我告别了青涩，走向16岁的人生舞台。

关于太阳和彩虹

很久很久以前，彩虹曾很不解地问太阳："我只是悬浮在空气里平凡的小水滴，你为什么会给我那么多美丽，让我成为天空中最浪漫的事物，让我一直受到人们的赞美？"太阳用世上最温柔的嗓音回答："因为你是我心中最可爱的小宝贝，所以我要给你最好的一切，让平凡的你像迷人的小公主般出现在世人眼里。这所有的一切只是因为我爱你。"

这是我在很小时看到的童话，直到现在我才明白，原来自己就像是彩虹，平凡而不起眼，但是由于我折射了来自父母和朋友及许许多多的人的光芒，才得以进入16岁灵净明媚的殿堂。

16岁时转身言谢，感谢世间万物滋润我，感谢父母养育我，感谢朋友关心我，感谢师长爱护我。希望所有我爱的人和爱我的人永远幸福快乐，希望梦中的彩虹永不消失。

勇敢是悲伤的恩赐

四夕羽

第五天：那天的苍耳，勇敢又绚烂

那天是星期一，很热。苍耳穿了一件泡泡袖的白衬衣和桃色的超短裙去学校。那条裙子短、窄，颜色艳丽，紧紧包裹着苍耳16岁的屁股。不知道校长看见了会是什么样的表情，反正苍耳溜出家门时，爸妈都愣住了。几分钟后，妈妈才趴在五楼的窗台上，朝渐去渐远的苍耳喊："回来！"

凭什么呢？苍耳觉得自己已经16岁了，有权利决定自己的喜好。比如，把清汤挂面烫成妖娆的波浪；比如，一只耳朵一个洞，一只耳朵三个；比如，涂上美宝莲的睫毛膏后，朝班上最认真学习的男生刘肖抛媚眼，让他上课答问频频出错。苍耳喜欢周杰伦，也喜欢他的话：我的地盘，我做主。

16岁的苍耳觉得自己很勇敢。

就像现在，周遭嘤嘤的哭声和人来人往让苍耳烦透了。哭什么呢？漂亮的衣服还穿在身上。她还记得招摇进教室时，男生们笔直的眼神。她的腿那么长那么矫健，像一匹神气的小马驹，骄傲地从这些眼神中穿行而过。她坐下后，刘肖朝她长长地吹了一声口哨，狡黠地说："苍耳，你真酷！"苍耳平静地回敬："一般一般，世界第三。"大家都笑了。

下午的上课时间是2点35分，离上课还有10分钟，教室里是一片喧闹的气氛。

然后便是一个过于冗长的梦。醒来的时候，爸爸妈妈都在，眼睛有点红肿。苍耳觉得奇怪，自己不是在学校上课吗，难道因为那条过短的裙子，他们又被班主任请到学校里来了。想到因为自己勇敢的青春，他们常常被迫光顾学校的种种过往，苍耳不禁有些难过，她小声地说："妈妈别哭，我以后不会再穿那么短的裙子了。”

妈妈却哭了。

第十天：苍耳不哭，不是不悲伤，而是不够勇敢

苍耳旁边躺着的，居然是刘肖。他整个人都被纱布裹了起来，像刚出土的木乃伊，又像个超级大粽子。大部分的时间，他都不说话，只顾着默默垂泪，所以苍耳并没有认出他来。直到一天，他哭出了声，伤心又绝望，苍耳听得心烦意乱，大吼：“烦不烦啊，整天都哭！”

过了好一会儿，那边才小声地啜泣着回应：“苍耳，我的右手没有了。”

苍耳这才知道是刘肖。她也沉默了一阵，然后吹了个又长又响亮的口哨，说：“仅仅是手受伤了嘛，干吗裹成粽子，我还以为你手脚都没了，成‘人棍’了呢。”

刘肖回敬：“你才是粽子，你才是人棍呢！”他像乌龟一样把脑袋从粽子里伸出来，眼角还带着泪痕，嘴角却是一副要斗嘴的倔强架势。

两人哈哈大笑，仿佛忘记了这里是医院。

后来苍耳知道，刘肖的伤势没有他说的那么严重，大部分都是皮外伤，所谓的右手没有了，只是手掌没有了。她就抱怨，说他夸大其词，害她担心。

刘肖辩解说：“你不知道没有手掌的手是多么难看，再说，我以后不能再写字了。”

苍耳很是不在乎地说：“这有什么大不了的，你可以常常把手放在裤兜里，别人看你的时候就不会有异样的眼光了，你也可以练习用左手写字。总之，你的生活不会有很大的改变的，这点小挫折不值得哭的。”

刘肖的眼光变得肃然起敬：“苍耳，你真勇敢。”

苍耳哈哈笑：“一般一般，世界第三。”

第十天时，绵阳下了场大暴雨，有清香而新鲜的空气一丝丝地钻进病房。整个世界，像被洗去了悲伤一样，重新美好起来。苍耳就对妈妈说：

“很想去外面走走。”

妈妈答应了。她推来轮椅，准备抱苍耳上去。

苍耳有些愣。她撒着娇说：“妈妈，我能走了，我需要鞋子。”

妈妈的眼圈又红了，她故作平静地说：“苍耳，你的腿没有了。”

苍耳镇定又平静地回答：“不会，我还能感觉到脚趾头在动呢。‘

第十五天：其实从来没有忘记过，只是不敢相信。

苍耳不哭，不是不悲伤，而是不够勇敢。

她在垮塌的教室里被压了两天。黑暗、恐惧、死亡、饥渴、疼痛、眼泪、绝望。教室里一分钟前的欢声笑语变成痛苦的呻吟和哭泣。苍耳一直圆睁着双眼，老鼠一样警惕着周遭的一切。不多久，声音小了，苍耳的眼泪流了下来，她知道这意味着什么。

苍耳的同桌是个娇小可人的女孩，地震的瞬间，她们还在说悄悄话。同桌在奄奄一息很久之后突然有了精神，她的声音在苍耳的耳边响亮响起。她说起自己的理想，要考北京的大学，高考后去北京看奥运会；她暗恋着班上的一个男生，写了信，准备今天把信送出去；她也想像苍耳一样穿超短裙，却不够勇气；最后，她说：“苍耳，我的抽屉里还有一个苹果，你找找，不要睡觉，要活下去。”她的指尖渐渐冰凉。

那个苹果，好像是苍耳在海上漂浮许久后，忽而寻觅到的方向。她在有限的空间里摸索，指尖所及，都是希望。她后来才知道，其实，哪里有什么苹果。女孩子用她最后的一点力量，帮助苍耳延续了她微弱的生命。

被救的时候，苍耳的双腿还被压着，已经血肉模糊。她清楚记得医生的询问：“要挽救你的生命，就必须马上锯掉你的双腿，你同意吗？”苍耳点头，再别过头，眼泪顺流而下，鲜血染红了她桃红色的短裙。她感觉自己的身子轻轻地飞了起来，就像青春期时的很多个夜晚，做的梦一样。

班上76个同学，52个没有了；同桌没有了；班主任没有了；学校没有了；自己的腿没有了。这些，苍耳无论是在梦中，还是醒来，都知道。但她怎么敢相信呢。她与现实僵持着，好像最饥饿的骆驼嘴巴里的谷草一样不可掠夺。

第二十天：不该忘记的，忘记吧

刘肖拆了纱布后，就常常用他古怪的手臂来逗苍耳。有时候他把右手藏起来，很酷很深沉地问："像不像断臂杨过？"晚上，就垂着自己没有手的手臂，在苍耳眼前晃荡，吓得一屋子的人尖叫，除了苍耳。

那天的散步事件后，苍耳就不肯下床，也不肯拆纱布换药了。她看着自己裹得厚厚的腿，始终相信，小腿还在里面，也许只是像刘肖一样，断了几个脚趾头。她的腿还是修长又矫健，穿上裙子后，像一头神气的小马驹。

班上的同学陆续找了来。半月不见，都变得奇形怪状的。有的伤了一只眼睛，就包扎成海盗似的独眼龙；有的缺右胳膊，有的缺左腿；当然也有刘肖这种看似完整，突然伸出手，要吓人一大跳的。

一群残疾人坐下联欢。是真的是联欢，不是诉苦经。这样的劫后余生，有什么理由不高兴呢？苍耳知道，他们中有的人亲人全部遇难了，有的人高位截肢，有的人真的成"人棍"了，往后日子的艰难和孤独，该是用怎样的勇气，才能面对的啊。

但是没有人提起这些。大家嘻嘻哈哈的，说起二十天前彼此的趣事和最近遇到的新鲜话题。大家似乎对残疾也不避讳，还笑称苍耳可以练"佛山无影脚"，刘肖练"无敌鹰爪功"，做一对雌雄大盗。苍耳忍不住说："那敬请各位小心自己的小命。"

晚上一起看张柏芝的《忘不了》。张柏芝历经苦难后，决心要开始新的生活，而对过去的人和事说："我要忘记你。"苍耳心底有个小小的声音，也在向那些不该忘记的过去喊："我要忘记你，我要开始新的人生。"

有些东西本不该忘记的，但是要学会忘记。比如那场地震，比如那地狱般的两天两夜，比如同学揪心的哭泣，比如同桌的一个苹果，比如现在身体上的伤害。有的东西失去了，失去了就不会再回来，所以更要珍惜现在的日子，现在的生活，因为生活是不容易的。

苍耳哭了。她的眼泪缓缓流下，不是悲伤，而是开始真正地勇敢。

樱桃的青春不怕疼

罗 宇

第一颗樱桃

12岁，我上初二。学校组织体检，我欢天喜地地参加了。排在我前面的，是一个个子高高的男生，阳光下，他很安静地垂着眼，睫毛在脸上投出一片阴影来。我站在他身后，享受着他的颀长的影子带来的片刻阴凉，心像雨后的青草地，有小小的花要绽放出来。

他身高一米六七，是5班的学生，他叫陈亮。我在心里默念他的信息时，忽然听到了他和一群男生尖利的笑声：哈哈，小矮人。

那天，我强烈要求医生重新量身高，然后偷偷地踮起脚跟。那是我第一次撒谎，在各种笑容面前，我头上流出汗来，手心里流出泪来。原来他的身高，于我而言，不只是阴凉，还会是一片阴影。

那年，我还喜欢着安徒生和格林兄弟的童话，还以为每个女孩都是娇嫩的豌豆公主，都是会有王子来保护的灰姑娘。然后，我知道了，女孩不一定都是白雪公主，还有可能是那7个小矮人。

这些，是我在自己身高一米四五的时候，在一个男孩毫无掩饰的嘲笑面前，忽然明白的。从没想过，青春的开始，居然是以这样疼痛的方式。

第二颗樱桃

14岁，念高一，和朋友聊天，她好意却又残忍地提醒：你的牙齿不好看，老是露在嘴唇外面。从此，照镜子时，不敢再笑。

只好去安装牙套。医院里，是冰冷的器械和呼天抢地的哭声。妈妈问：怕吗？我手脚冰凉，心微微颤抖，但还是勉强地笑：还好。

牙齿被硬生生地套上钢箍，吃饭时疼得让心细成一根针。对着镜子微笑，嘴里闪耀着异样的金属的光芒，像个青面獠牙的女鬼，很难过，但是嘴唇可以闭合成好看的形状，心里又有点小小的欣喜。

回到学校，班上的男生已经为全班的女生排了号。有校花，有班花，有四朵金花。我会写文章，会用几种方法解一道数学题，他们看不到，我选择沉默，选择坐在教室最隐蔽的角落，他们却找得到。他们叫我：钢牙妹。

很久很久以后，我知道，要让十五六岁的男生透过女生的外表，看到她们细腻美好而敏感的内心，是多么难的事。也知道了，有时候内心的伤害比身体的伤害来得残忍，就像小人鱼，脚踩在刀子上，却是心在滴血。

第三颗樱桃

15岁，高二了。学校要准备百年校庆的文艺晚会，我会写文章，会弹着钢琴歌唱，会说流利的英语和标准的普通话，就报了名。飞扬的青春，也希望有属于自己的一个璀璨的夜晚。

可是却落了选。几个学生会的女孩冷冷地笑：你上台，走一步就地动山摇，就不怕把舞台跳垮？人要有自知之明嘛。然后，她们对后面排队的女孩说：加个条件，体重超过120斤的取消资格，以免耽误大家的时间。

同学们看着我，都笑了。我体重120斤，是个小胖妹，像只帝企鹅。

那以后，不敢再乱吃东西。对妈妈做的菜，不再欣喜若狂，只能像只小猫，小心翼翼点到为止，晚上饿得胃疼，会想起那几个女孩的笑，那么美，却又那么冷漠，那么冰凉。

体重却并没有因此而减，在同学有意无意的一声声“胖妹”中，终于逃也似的回家。看着衣橱里挂着的淑女屋的连衣裙，忍不住潸然泪下。妈妈知道了，给我看她少时的照片，居然也是胖乎乎的傻样子。妈妈说：女孩的青春期，都会长胖的，那是在摄取营养，然后再长成一棵修长挺拔的小白杨。

至此知道，青春是一盒巧克力糖，下一颗永远值得期待。也知道，其实内心的美比外在的美重要，比如面对别人的缺陷时，一个善意的微笑。

第四颗樱桃

16岁，我上高三，爱上了一个男生。男生有着花泽类一样英俊的外形和儒雅的笑容。我的座位在窗户旁，每次他经过，都会带来一阵好闻的香气。那团空气，让我迷醉。

终于鼓足勇气，在他必经的路上，递上自己的情书。那封信，是我熬夜写的，一笔一画，都是女孩子绽放的心思，小心翼翼又满含期待。信的最后，我说，上学路上，一起好吗？

男生愣了愣，笑笑，把信放进衣服口袋。

从此，便多了期待。上学路上，我会提前半个小时在路口等待，看他的自行车像风一样急驰而过，却并不多作停留；路过我的窗口，他也是一如平常，没有一个多余的微笑。

很久以后，我去男生宿舍，看到了我的信。它静静地躺在男生书桌的一条腿下，没有拆封。我把信抽出来，拍拍上面的灰尘。男生略略有点不好意思：都是些女孩子送的，还没有时间看呢，也不知道是谁写的。他似乎忘记，这样的事情，我也做过。

我偷偷地把信扔进垃圾桶，就像扔掉那段廉价的暗恋一样。也暗自庆幸，这一切，就如同一部自导自演的电影，哭过，笑过，喜欢过，失落过，脆弱过，坚强过，但是只有我知道。

第五颗樱桃

高考前，妈妈给我请来年轻的家庭教师。他是受人尊敬的人，教过好几届高三，成绩斐然，声名鹊起。为我解题的时候，声音沉稳，眼神温暖，让我感觉踏实可信。

喜欢，是有的，尤其是在这个男子全神贯注解题的时候。他会抿紧嘴角，脸微微侧成石刻般好看的线条，然后突然像小孩子一样地击掌而歌：好幸福，算出来了。那一刻，我的心就像沈从文笔下的翠翠一样，柔软起来。

但他是有家庭的人。他的妻子巧笑嫣然，肚子微微隆起，满脸幸福地依偎在他怀里。那天是在超市，人来人往中，我躲在一个角落，心像流星般黯淡下来，却也有尘埃落定般的释然。

一次他到访时，父母都不在。他说为了安心学习，要锁上书房门。盛夏的下午，我穿得很单薄。做题的时候，他的手带着潮湿的气息盖过来，手把手地教我演算，而后，是渐渐迫近的潮湿的呼吸。

我很警觉地起身，脑子里爆发着噼里啪啦的火花，每一声都刺激着我的神经。他也恢复常态，胡乱地解释着。但是我坚决地请他出去，并且告诉他，他毁了一个老师应有的道德和尊严。然后，在空空的房间里，颓然坐下，听心脏毫无规律地“砰砰”作响。

这件事，我没有告诉爸妈。不是害怕，不是害羞，而是发现，原来在伤害再次来临时，我没有迟疑，没有迷惑，已渐渐有了保护自己的勇气和力量。

第六颗樱桃

蛋糕店里的小姑娘笑眯眯地问我：水果选草莓还是樱桃？我想想说：樱桃吧。她又问：放几颗呢？

放几颗呢？

我想告诉她我的青春路上有过的疼痛与伤害，每次都让人那么绝望，那么不知所措，那么看不到尽头。有时候是被人叫“小矮人”“钢牙妹”“胖妹”，有时候是一场苦涩的暗恋，有时候是性的威胁，它们就像是樱桃，外表很漂亮，吃着却是又酸又涩，但是，我们总会挑到最甜的那一颗。

就像我，在18岁生日来临时，终于可以自信地扬起笑容，露出自己整齐而洁白的牙齿，终于可以穿上淑女屋的裙子，像天鹅一样地在校园里翩然起舞，终于可以坦然地面对喜欢的人和喜欢我的人，终于可以勇敢地面对伤害，终于等来了我的第六颗樱桃。

它的名字叫青春，它的意义是成长。

而你的青春之路，需要几颗樱桃呢？

15岁的校服裙

灰姑娘

我不想再穿校服了。

我这样对妈妈说时，她正呼哧呼哧地洗着窗帘，细密的汗珠从她前额上争先恐后地冒出来，顺着她扁塌的鼻梁流下。我怀疑她听见我说话了，但就是不理我。

这么想着，我很生气，提高嗓门问她："妈，你听见我说话了吗？真是的，一到这种事上就装聋作哑。"当然，后面那句话是我小声嘀咕的。

几乎每个夏天，我都只有这么一件裙子，这是其他女孩子们最不屑一顾的衣服，只有班主任瞪着眼睛，凶巴巴地拍着桌子，连恐带吓地要求女生们穿上那件灰兮兮的校服裙参加某种活动时，她们才极不情愿地套上它，但事后，马上跑到厕所里把校服换掉。

而我，却以惊人的毅力天天穿着它，在别人眼中，我早已和它融为一体，班上的女生都大惑不解，那些养尊处优的公主们不明白，我能上得起这个"贵族学校"，为什么却没钱买衣服。

天知道我妈是如何从牙缝里和菜篮子里挤出学费的。

"为什么？"妈终于停下手中的活，不解地看着我，用袖口抹了一下脸上的汗问道。

"为什么？"我委屈得想哭，要说为什么，我有一堆借口和理由"这校服的料子这么差，穿在身上起红疙瘩；而且……"我用手比画道，"你看，这裙子洗了穿穿了洗，已经缩了不少水，都能当'露脐装'和'迷你裙'了……"

我一口气就举出若干条来，然后期待地望着她。

"不行。"没想到她一口回绝我，"我没钱。"

她不再理会我，继续气喘吁吁地洗她那好像永远洗不完的窗帘，"妈，我穿这一身出去，你知道有多丢人？”我摇着她的肩膀，希望她改变主意。

“别烦了，正忙着呢，要不，你来洗？”我听出她发火了，赶忙灰溜溜地离开，没有商量的余地，我失望到了极点。

其实，我还有一个主要的理由没有说，也绝不可能说出口——是关于季小柒的，女生们称他为七七，我喜欢在心里称他为小柒。我可不想在喜欢的男生面前总是这种打扮，我可不想在毕业后，给他的印象只是个模糊的影子，我可不想在他提起我时，会说：就是她呀，那个傻傻的，只会穿校服裙的家伙。我不想……

我心烦意乱，还掺杂着一丝愤怒，说实话，我现在还没和他搭上几句话，他从来不会注意到我，我太平常太普通了，就像一潭死水，看我一百眼的人，再看我一百〇一眼，还和初次相见差不多。

说起小柒，是和我住在两个不同世界的两类人，他是许多女生背地里悄悄谈论的对象，不论到哪儿，花枝招展的女孩子总是把他团团围住，他把微笑撒给她们，高谈阔论，引得女生们一阵阵赞美般的惊呼。我却只能待在角落里，满心都是羡慕，像老鼠一样注视着这场盛会。

我确实像只老鼠！老鼠是灰的，我的校服也是灰的。

就在我胡思乱想之际，猛然记得一件重要的事情，使得我心花怒放，精神为之一颤，我从床上骨碌起来，光着脚急切地走到妈妈面前，她还在洗窗帘。我靠在门框上说：

“妈……”

“又干什么？”她露出不耐烦的样子。

“我就说一句话……下个星期我们学校组织文艺演出，我已经报上名了，”我试探地问：“你不会想让我穿着校服裙上台吧？”

“这有什么不行的？”她的口气很轻松，好像我的面子与她无关紧要。

“不行，绝对不行。”我态度强硬，双手交叉在胸前，心里琢磨着下一步该拿什么“威胁”她。

她低头思忖了一小会儿，我满怀期望地望着她，然后，她抬起头，似乎想到了一个绝妙的办法，她把湿漉漉的手往围裙蹭蹭，笑道：“你可以借表姐的衣服呀，她和你差不多高，好好，我这就打电话。”

听了这话，我急忙制止她，我说我可不想要她的施舍，我不是《项链》中的主人公，穿件衣服都找人借。妈，我还是不是你孩子，给我点尊严，好不好?

“这都什么话呀?你有本事，那你自己看着办吧。”我最后那句话惹恼了她，她皱着眉头呵斥我。她现在特别容易发脾气，我只能掉头离开，免得吃眼前亏。

一连几天，我都心不在焉的，我才15岁，就要老气横秋地天天穿着校服裙，可我妈并不认为我未老先衰。一条裙子并不贵，她却像高老头似的吝啬。

演出一天天临近，一想起自己要穿着皱巴巴、毫无个性的校服上台，我就下意识地感到窘迫，谁知道其他人会怎样叽叽喳喳地评论我。放学后的中午，妈兴冲冲地回到家里，手里提着鼓鼓的编织袋，顾不上关门，她就招呼我说：“来，找一件合适的衣服。”我十分诧异地看着她和那个袋子，问“咦，你中彩票了?”她开始解释，“你大姨今天打来电话，让我过去一趟，把你表姐不穿……穿不下的衣服拿回来，你找找，有没有合适的。”

听了这话，我刚才惊喜的心情一扫而光，我把衣服倒垃圾般统统倒在地上，不愉快地随意翻动着，我觉得自己像捡垃圾的老大爷。妈见状，立刻打了我一下，不满地说：“你这孩子，把衣服弄脏了，唉，真是的。”她一连串的叹息让我很反感，我用沉默来反抗。

最终，我找了一条八成新的牛仔裙，随意搭配件白衬衣，这种衬衣最好配衣服，而且价格低廉，颇得我妈恩宠。

我在镜前照了几下，裙子翘着如一只喇叭，恰到好处地张扬着，我又看了几眼镜子，还是决定把衬衣掖进去，这样显得人比较精神。我对身上的装束还算满意，想到前不久在商店里看中的项链，我终于准备把它买下。

那条项链我喜欢很久了，它一直安安静静地挂在商店里，我希望这一次，它能在舞台上陪伴我，它一定能听见我紧张得砰砰乱跳的心脏，也一定能见证我其实并不是沉默的哑巴。想到这儿，我忍不住低唱了几句歌词。

我把存钱罐从柜子顶上取下，小猪身上落满灰尘的肚子已经饿瘪了，正用怨妇般的眼神看着我，我确实已好长时间无钱进账，财政亏空，捉襟见肘，所有的钱被我一股脑儿倾倒出来，数数，正好15元，平均每年我攒一块钱，还算有所收获。

我摸摸小猪的脑袋，做了个鬼脸：对不起啦，我亲爱的财政大臣。

我拿着钱，轻快地走到商店，项链还在那，我松了口气，再问价钱，15元，有点贵，会使我倾家荡产，但我还是毫不犹豫地买下，没好意思砍价。要是换了我妈，情况就不同了，她一定会气势汹汹地讨价还价一番，有时拦腰砍起，有时甚至从膝盖处向下砍，她最喜欢向人炫耀她这看家本领。而我没有继承她的优良传统。

这时，季小柒一改往日从容不迫，满头大汗急匆匆地跑进来，他凌乱的脚步，打断了我的想象，我的目光也不自主地转向他，只见他一手按住前胸，上气不接下气地问："项链……那种带绿色吊坠的……我要买一条，快点，快点……"

"这……"商店的阿姨指指我手里的，抱歉地说，"这是最后一条了，小伙子。"

"啊，是这样，算了。"他很遗憾地嘟囔一句，转身又慌慌张张地跑走了。

突然间，我想为他做些什么，我追了出去，踌躇了一下，叫住他。

"喂，等等！"

他停下，转过身，见是我，有些惊讶："什么事？"

"喏，这个，给你。"我红着脸把手举到他面前，我拇指和食指提着的，正是那条项链，它像钟摆一样晃来晃去。

"噢，谢谢。"他眼睛一亮，接过项链，把钱掏出来，我后退一步，不知是什么作祟，只是连连摆手说："不用不用，送给你的，嗯……没多少钱。"

之后他没再说什么，而是穿过马路，走到路口，头也不回，一拐弯，就不见了。我还愣愣地站在原地，目送他离开，心里空空荡荡的，说不上高兴还是难过，也说不上为什么。那条项链似乎把我的心也抽走了。

节目的名单已经张贴在校务栏中了，那里黑压压一片，挤得水泄不通，每个人都鸭子似的伸长脖子，张望，夹在中间的矮个子只能看见几排攒动的人头。

我奋力向上跳，只看到自己演唱的歌名排在了第三个，这是个黄金时段，太早了台下乱哄哄如马蜂窝，自己都听不见自己在唱什么，如果最后几个上场，除了被迫捧场的，人都走得差不多了，只好孤芳自赏。

“生活还不算太坏。”我很满意这样的安排，像苏格拉底似的思考一番，走到后台去作准备，那里古筝吉他摆了一溜，有些人忙着试音，有些人当户理红装对镜贴花黄，忙得像花木兰回家。

报幕员看见我，颠颠地跑过来，撇撇嘴，为难地说：“对不起，对不起，我们一时疏忽，你和苏媛报了同一个节目，我们都记上了，你知道，这是不允许的。所以……”她抬头观察我的脸色，看不出异样来，才说：“我们需要有个人退出……苏媛死活不同意，所以，只有你了。”

我低头闷不作声，装出思考的样子，其实我脑子里一团麻，不同意，当然不同意，一个声音小声地告诉我。“不同意，当然不同意。”我跟着它默念了一遍，立刻信心十足，准备一口回绝她。

我无意中瞟了眼坐在镜子前的苏媛，镜子里反射出她如花般的脸，和她穿礼服的背影完美地结合在一起。

杂志上说，美丽的人有两种，一种是天生丽质型的，另一类就是会穿衣服的那种。很可惜，我两边都不搭界，苏媛却是两者皆备，皮肤就像抹了奶油的鸡蛋清，彻头彻尾的美女，走到台上7个音全不着调也有人喝彩。这么一想，我刚才还坚定不移的信念轰然倒地，又回到了孤立无助的境地。

我抬起头，那个人正紧张地看着我，我不以为然地一笑，虚弱地说：“你看着办吧。”

那个人立刻变得嬉皮笑脸地说了声谢谢，又跑到苏媛面前，对着她耳朵嘀咕了句什么，镜中的苏媛立刻眉开眼笑，她看到我一直看着她，立刻止住了笑，不好意思地低下了头，脸红了。

“她唱得一定没我好……”我只好用假想安慰自己。

空气闷热，太阳不知什么时候错躲了云彩里，在校门口我遇见了季小柒，他不知什么时候手里又多了一捧花，惹得别人频频向他行注目礼，那花儿很娇艳，滴着露珠的花瓣好像流泪的脸，他腼腆地一笑，低着头匆匆忙忙走进学校，不小心撞到了我的肩膀，他没回头，没说对不起，仿佛不记得我，只留给我一个背影，还有湿漉漉的余香。

他走到校务栏前，许多女生自觉地纷纷给他让路，兴奋地望着那捧花，眼中流露出期待。

季小柒抱着花挤出来时，脸上满是笑容。

他在笑什么？他的花是给谁的？回家的路上，像那些女生一样，这两个问题占据了我大脑空间，但任凭我怎样苦苦思索，却得不到结论。我假想那是给我的，原因可能只是感谢我的项链，然后女生们会嫉妒得想把我吃掉……

"怎么可能！"我苦笑着拍拍脑袋，不敢往别处瞎想，否则我自己都会汗颜。我不是个梦想家，更不可能幻想别人会喜欢我。

回到家里，我躺在床上，望着窗外的天，发愣。

门锁响了几下，我出去看是谁，我妈哼着歌进来了，她把破旧的人造皮革包甩在椅子上，换了鞋，在厕所洗洗手，又洗了把脸，一面唱"小城故事多"一面梳头。梳子在她头发上摩擦，静电火花呲啦呲啦地发响。

"呀，你怎么回来这么早？"她看见我站在卧室门口，吓了一跳问，"你不是有节目吗？"

"是啊，"我剔着手指甲说，"我被劝退了。"

"为什么？"她停止了唱歌，也停止了梳头，眉头一下子就拧成了团。

"为什么？"我委屈地哭了出来，鼻子滑稽地一动一动的，"为什么，因为我丑呗！"

"你这孩子，净胡说八道，整天说什么混话？"她疾步走过来，摇着我的肩膀。

我推开她的手，不作声，只顾一个劲儿地啜泣，她给我擦眼泪，结果弄了她一手鼻涕，她一边骂我，一边去洗手。我把脸埋在胳臂里，胸中像憋着什么东西，然后化成泪自由自在地流淌出来，让我觉得好受些。

她还在我面前，有些不知所措了，她对我的软硬不吃无可奈何，然后沉默一会儿，口气出奇柔和地说："你不是想要条裙子吗，星期日你自己去买吧，我给你钱，好不好？"

她打开抽屉，拿出盒子，在里面搜索着，她转过身的时候，有些难为情地搓搓手，说："我给你些零钱，你好好拿着，公交车小偷多，小心点……"我头一次认真地听她唠叨，我低头看着那一叠钱，大多是10块的，最大面值不过20元，犹豫了一下，想起季小柒抱花的样子，接了过来。

星期日下午，我乘车去市中心，公交车门口的人满头大汗挤成一团，停滞不前。司机扯着嗓子叫他们排队，没人响应，好不容易人都涌了上去，车才冒了股黑烟，哼哧哼哧地出发了。

我听说女孩子们买衣服都去淑女屋，下车后我就向一个路人打听淑女屋的位置，我没想到这一带竟有这么多淑女屋，那人长着蜈蚣的手脚都指不全。

我向他道了谢，就近找了一家店进去，老板娘很热情地招呼我，拉着我到贴有"新品上市"的架子前，怂恿我试穿。我看了看标价，吐吐舌头，谢绝了她。一分钱不能掰成两半用，这点常识，我还是知道的。

我在镜子前，一条又一条地试着五颜六色的裙子，和电影里演的一样，老板娘一直夸我漂亮，她认定我可以给她带来生意。

我穿上一条紫色的裙子后突然停了下来，透过窗户，我看到季小柒走在街上，我确定他看见我了，急忙举起手，笑着和他打招呼，我想这时的我一定很美。他却把脸扭到了另一面。

我的心立刻凉了一截，笑容僵在脸上，茫然地站着，他后面追上来一个女生，把冰激凌递给他，两人牵着手，两小无猜的样子，红着脸对视而笑。

那人是苏媛，我看见她脖子上戴着湖绿色吊坠的项链，在阳光下，像颗星星，刺得我眼睛生疼生疼的，甚至有要流泪的感觉。

我的心顿时像橘子似的裂成几半，然后转过冻得僵硬的身子，看着镜子里的自己，平静外表下隐藏着寂寞失落的面孔。紫色的裙子咯咯嘲笑着我的自作多情，我突然觉得，还是校服裙比较适合自己。

我慢吞吞换下衣服，假装不看老板娘的脸色，借口没有合适的，然后离开，走了和季小柒他们相反的方向——虽然这样很绕远。

当我回到家时，天已经完全黑了，我看见自己家的窗户还亮着，我妈一定会烧着饭等我回来，我回来后，她一定还会再把饭热一下，她怕我吃了凉东西拉肚子。

我突然想起，兜里的钱还乱七八糟地缠在一起，要是被我妈看见了，她又要凶巴巴地骂我一顿，她说这样放钱容易丢。

走到路灯下，我把一团团纸币从兜中摸出来，展开，抹平，整整齐齐叠放着，然后低着头认真数起来。

“10，20，30……”我数了一遍。

“10，20，30……”找又数了一遍。

但不论我怎么数，发现总是少10块钱。

怎么办？这种事情不大不小，就像鸡肋，最后我还是打算不告诉妈妈为妙，我把钱重新放回兜里，向家门口走去。

笨重的大门“吱呀”一声呻吟，被锈迹斑斑的钥匙打开了，客厅的灯亮着，昏黄的灯光招来几只飞蛾，围着爱迪生最得意的发明群魔乱舞。灯下，我妈用手托着脑袋，睡着了。但她睡得很不踏实，眉头还微微锁着。

我想把饭热热，为了不打扰她，我动作很轻很轻，可尽管如此，她一个激灵，睁开了眼睛。看见是我，似乎把心放了下来。

“你坐着，我来我来。”她抢过我手中的碗，硬把我按在椅子上，随后就去厨房忙碌着，锅碗叮叮咣咣热闹起来。

“怎么样？衣服买了吗？”她抽空问我。

“哦。”我随便应了一声，回过神来时，急忙改口，“没……没有。”

“为什么？”她疑惑地把头探了出来，手中拿的大勺，滴滴答答向下滴汤。

“没什么。”我喉咙又像被什么卡住了，便努力调整自己的声音，不让它颤抖，说，“我觉得……”我顿了顿，深吸了口气，双手挤干眼角中的泪，怕它们流下后止不住。然后用无所谓和快活的语调说：

“妈，其实，我觉得，还是校服裙比较适合我。”

剑锋所指，谁与争锋

——《斯巴达克斯》读后感

斯巴达克斯，一个令罗马人[illegible]的名字。[illegible]

[illegible]

斯巴达克斯从一个奴隶到首领的完美蜕变，[illegible]理想的伟大。[illegible]源于他不屈服的性格。他一切只为奴隶，只为生活在社会最底层的人，[illegible]

[illegible]天的风暴，开创了一个新的世界。[illegible]

他一切只因心中的那把剑，那把正义之剑，[illegible]

那一[illegible]奴隶们高举[illegible]

[illegible]这把剑似乎一直在人们手中，[illegible]地掌握它，但是你必须为正义而用。

[illegible]

[illegible]他的那把正义之剑，指向了正义与自由，[illegible]

第四部分

冬夜里的守望者

我执着地等待，做冬夜里的守望者，向着远方眺望。因为我知道，在漫长的夜，也会有天亮的时候，在黑暗的深渊，也会有光明在另一方。破晓的曙光穿破层层黑暗，打破夜的沉寂。新的一个冬日来临了。早出的人们又陆陆续续地踏上新的征程，鸟儿也开始享受着冬日里稀少的阳光的普照，游乐场也开始有了几分热闹的气息。

而我，始终是那个冬夜里的守望者。守望着梦想的方向，永远不停息地奔跑着。

——肖雯心《冬夜里的守望者》

会飞的羊

陈静心

信心满棚时，你也是一只会飞的羊！

——题记

会飞的羊？

明晃晃的阳光，清幽幽的微风，静悄悄的教室，黑压压的脑袋。

还有那道怎么也解不出来的物理题！

苏炎长叹一声，继续对着墙上的那幅画发呆：

两座对峙的山峰，一座山上簇拥着一群羊，两山之间，有一只并不健壮的羊正在腾空飞翔。对面山上，一群已经飞渡的羊正在欢呼。

会飞的羊？羊怎么会飞呢？

管他呢！苏炎懒得去想了。他揉揉眼睛，长舒一口气。

我还要做那道题呢！苏炎这样念道。

唉，我能做得出来吗？一想到这道题，苏炎就有些泄气了。

会飞的羊。

终于到家了！

意外听见电视机久违的嘈杂声。

苏炎心有所动，定睛一看，原来是表弟在看动画片。

苏炎笑着上前，拍拍表弟的小脸蛋，便赶紧按照妈妈的嘱咐，吃东西，补补脑。可终究挡不住动画片的诱惑，只好边吃边用余光偷看电视。

电视放的是《喜羊羊与灰太狼》。喜羊羊们正在逃离灰太狼的追捕。眼看就要逃脱，却被山崖拦住去路。正在这千钧一发的时刻，喜羊羊急中生智，想到用绳索飞渡。

“别怕，我们一定要有信心！”羊们异口同声。

最终，羊，飞一样地逃到了山崖对面。

苏炎一下子愣住了：羊，真的会飞？

他联想到教室里的那幅画。

羊怎么有勇气飞越这危险的山崖？

“就算有难题也压不倒我大笑的力量，虽然我是一只羊！”喜羊羊喜洋洋地唱着，“我是一只充满信心的羊！”

会飞的羊！

走进教室，感觉非同往常：阳光灿烂，氛围亲切。

苏炎走到那幅画前，微风从身边拂过。画中的羊，也逆着风，奋力飞翔！

那羊的目光是那样的坚定，没有胆怯，只有超越一切的信心！

我们不就是那一群羊吗？我们要飞渡“中考”这道山崖，虽然困难重重，但只要我们充满信心地去努力，又有什么不能飞越呢？

我就是那只羊！苏炎这样想着，回到座位上，握起了笔。

我是一只羊！

我是一只会飞的羊！

——这是信心的宣言！

告别夜穹

沈聪

收集我的一整个黑夜，用紫燕的翅膀把它剪成片片淡淡的哀愁，在白日里，铺满整个天空——然后，碎碎的阳光就深远成一天的星星，在眼底干干净净地闪烁一生……

——题记

喜欢在午夜，静静等待夜的夜穹。

当钟表的指针渐渐走到一个仰望的角度，当路灯停止洒下橘色的光影，当月亮终于从中天挪开它的位置——这天穹就完全属于夜了，然后，星星中映上我挥手的欢迎。

喜欢在午夜，把自己藏进暗的披风，告别日里的一切，静静地看阴影笼住伤口。身旁放一本希腊故事，听它呢喃着一段段古老的星座传说，声音飞向夜穹，讲给一颗颗微微颤动的星星，然后思绪就飘上夜空，看着月亮女神狄安娜在入夜的丛林中捕猎，看着升为星座的赫拉克勒斯在夜穹中与狮子座对峙，听着天琴座在俄耳甫斯灵魂的弹奏下流出高雅而泣诉的曲子。

从没有人说过夜穹的美为何如古希腊那些圆润的大理石雕塑，在时间的爱抚下只留下一身雪白的沧桑，幻成夜的底色上那些透着岁月肌理的淡淡闪亮。渲染着因无数次反射而更显迷离的淡雅，柔柔地抚平星光夜穹下那些等待疗伤的眸子，一如时间的曲折……

于是，渴望穹宇的海市蜃楼，渴望在北半球的星空上望见南方夜穹的南十字，看人马座在折射的幻影中驰骋奔驰，天蝎在云翳后悄悄闪烁。

于是，春来夏往的夜穹无语地伴我，秋回冬至的夜空中散着那喃喃的传说……

我以童话的心情告别日里的寂寞，淡定地挑选四季——看着——当春夜的轩辕十四在黄道上放着帝王的光辉；当北落师门在秋色中低低地徘徊；当夏日的牛郎织女隔着银河以灿烂的光昭示割不断的爱情——我的夜穹，你想告诉远非天文学家的我一些什么？

夜的夜穹，暗得天高人远。

旷远的夜，从不试图掩盖什么。那无边的黑色，从不曾盖住伤口的痛。它只给你时间整理，让悸动的心在夜光中平静，用一片无垠的黑暗照亮你心中哪怕丝丝缕缕的光——然后，天明。

在等待中看北斗星的尾巴绕着夜的中心转过一个周天，在等待中看启明星从天边唐突地跃入夜穹，但我不曾等到天亮。

该告别的时候，我会走。

星星中再一次映入我挥手的告别。

告别夜穹，但我留下了那一天的星斗。在日里，太阳光太亮的时候，我会放出一天的夜，然后快乐地看日里天空中碎碎的阳光深远成一天的星星——别忘了风中呢喃的传说：每个人都应是天上的一颗星星呢……

于是，日与星都看到，在光与暗如太极般交融的那一刻，一个曾经属于夜穹的女孩的背影，向太阳走去时的回眸，眼底闪烁着阳光拼成的星斗。

追 求

张 宇

我是一条河，从雪山流下。

听说这世上有长江，有黄河，有尼罗河，有密西西比河……它们都很长很长。但是我认为，真正优秀的河流是没有尽头的，我要流得很远很远，永远都没有止境。

我带着梦想，坚定地朝没有尽头的目标出发了。

流过没有人烟的荒漠。一座高山阻隔了我。哦，不，这怎么可以？为了我的目标，为了那理想中的极限，我千万次地不停地冲击它。终于，它让开了一条狭窄的通道。我不停地奔流着，一天天日出日落，一年年花开花谢，我依然坚守着自己的梦想。

在这漫长的长途跋涉中，我遇到过无数的河流。他们有的笑我狂妄，有的支持我，不断地汇集到我身边。前面就是大海了。很快我看到了海的博大、辽阔和深邃。我不希望自己汇入其中。

我身边的同伴劝告我："海是我们唯一的归宿，你不流进大海，你会干涸的！"

不，不行，我要去实现我的梦想，我不能流进平凡的队伍，绝对不能，这不符合我们家族的要求。

"现在这个世界，由于过度乱砍滥伐，水土流失严重，沙尘暴天气不断，地下水位大幅下降，你只有抛弃家族的规则，才能赢得生存的机会。"

正因为这样，我更有责任用自己的生命去唤醒他们的良知。我开始调转方向，我望见大海离我越来越远，我有一点失落，但更多的是满足。我是大地的孩子，我要拯救干涸的土地，浇灌无数的田园生命。

又来到一片荒漠，我觉得自己越来越渴。我身体的水分正在一点一点地渗入地下。但是我无怨无悔，因为为梦想而生，为梦想而死是河流真正的精神。

请回首，匆匆匆

马丁艾遥

对于即将被推进手术室的重症病人，最难忘记的是亲人的目送；对于即将远渡重洋的学生，最魂牵梦萦的是父母朋友的目送；对于即将远赴异乡的打工人，最令其伤感的是妻子孩子的目送……静静地看着你走，无论双眸的目光是愉悦抑或悲凉，是担忧抑或欣慰，心底里纯纯的爱与思念，也还是希望眼前走着的人：请回首，匆匆匆。

孩子总会成长，总会松开父母的手，只希望你我在奔向自己人生之路的时候，能带着些许的留恋与温情，切不要只留下一个冰冷的背影，让关爱你的人独自承受。还是应该提醒自己，请回首，匆匆匆。

一直记得，第一天上学时母亲的那次目送。我牵着妈妈的手，不安地穿过四通八达的小巷马路，到了学校门口一看，原来很多的小孩子也和我一样，都怯生生地缩在父母背后。铃声一响，顿时人影错杂，我被别的孩子挤进了校门，吓坏的我急忙回头找妈妈，猛然发现她就在我的身后。母亲浅浅一笑："快走吧。""嗯。"我鼓起勇气，大步向前走去，只是忍不住地回头想再看看妈妈。而每一次所看见的，都是母亲站在原地，默默地注视着我小小的背影，直到消失在她的视野里。这种温情，足矣。

影厅里经常出现这样的镜头：母亲送长大成人的儿子远行。母亲不舍地拥抱孩子，递上行李，叮嘱几句，早已泣不成声。儿子勉强回应了她的深情，带上行李挤入了熙攘的人群中。火车鸣笛了，母亲的脚不由得跟着车轮跑动起来，向着远去的车窗流泪。18年的养育之恩，却换不来一点安慰。突然，儿子从窗子里探出头来，眼里噙着泪水："妈妈，保重！"这4个字，对本已心灰意冷的母亲来说，足矣。

"所谓父女母子一场，只不过意味着，你和她的缘分就是今生今世不断地在目送她的背影渐行渐远。"龙应台的这句话，是对的，却有着那么点无情。我相信并不是所有的孩子都会留给父母一个冰冷的背影，并默默地告诉他们：不必追。

今年夏天学校补课，妈妈每天中午都来学校接我回家。天气闷热无风，我坐在自行车上，虽然打着阳伞，可还是疲惫不堪。到了学校门口，我跳下座椅，妈妈于是掉转车头，又骑上了那快被烤化了的马路。灼热的阳光下，妈妈的背影是那么脆弱，那么单薄。我目送她骑在远去，直到消失在路的尽头。站在阳光下，我不觉得热，也不觉得汗水正从耳后流下，因为妈妈的付出和关爱已在我心里荡起了一片最清凉的涟漪。午后的这次目送，我要将你永远铭记。

即使已踏上成长的征途，再也不需要父母的呵护，也不要丢下目送着你、关爱着你的父母。请回首，勿匆匆。

娱乐的教授们

瞿 鹭

当我站在海沧大桥上，沐浴着海风，极目远眺着繁华现代的厦门岛，我就会自觉不自觉地将她与易中天帅气的老脸相联系，两者便出人意料地达成一种奇怪的和谐，一个娱乐的城市、一位娱乐的教授，这种没有内蕴的组合即便是上海与余秋雨也无法媲美的。

我买易中天写的书，就像我买余秋雨著的书，并不是因为他们有多高的学术造诣，但他们写的书，在严肃的学术气氛中透着娱乐与轻松，把严肃深刻的事理，用幽默简单的话语告诉了我们。于是，《品三国》中，我通过易中天之口，聆听了裴松之欲说而未说的话、钱穆说了但我还不懂的话，加上易中天一张老帅哥的脸，以及娱乐精神在他身上尤为可贵的体现，和他的特殊职业，一声巨响，一位娱乐巨星诞生了。

于是，报端出现了易中天与柏杨的PK、与成君忆的论战，诸如此类，不一而足。人们也深深为之吸引，在扭捏作态的影星、神经兮兮的歌星，乃至吊儿郎当的球星占据娱乐版多年后，易教授的加入，如一缕海边的清风，一下打开了娱乐世界的新局面。

首先，我们应该肯定以易中天为代表的教授们，他们大多以央视的《百家讲坛》为阵地，为宣扬中国古典文化等做出了可谓令人敬佩的贡献。没有易中天，谁会上升到《三国志》的高度去看三国；没有金正昆，谁又愿意与诸如《礼仪学》之类的书较劲；没有孔庆东，谁会深刻感受金庸著作的人文光辉；没有刘心武，又怎会有这么多人喜欢上《红楼梦》。但是，他们并非大家，也非高人，他们不过是讲故事的人，我们甚至都不需用看教授的眼光去看他们。因为当你看过《帝国的惆怅》或《品三国》，你就会发现这或许只是前人思想的一种简单表述，如同《水经》与《水经注》的关系，只可惜易中天离郦道元差得很远，他只是个娱乐的文化人。

在这样一个很文化的娱乐年代，娱乐人物都愿意去读个研、考个博，混张文化人的嘴脸。文化人也不愿在象牙塔与白菜豆腐为伴，也愿意步余秋雨的后尘，出来娱乐一把。当然，敢娱乐得那么摇滚、那么嚣张，以至于在自传里把自己写成一个十足的伟人加强人，这种事，只有余秋雨干得出来，这里姑且不论，我们要思考的是这种文化人的娱乐是否适当？易中天上了《百家讲坛》，出了书，混得相当脸熟，我想已经够了，是否有必要和成君忆干上一仗，或与柏杨先生闹点冲突？我们是中国人，对于象牙塔中的人抱有相当的敬畏，一旦他们忽然一夜落入凡尘，我们的失望，乃至恼怒是不可避免的。

我们不可能轻松地接纳新生文化，而是必须以带有接纳性的保守主义看待潮流。所以我们可以容忍易中天的名字短时间内闪现在娱乐版上，却不能忍受一个文化人靠娱乐混日子。

所以，娱乐的教授们，趁你们的身份还是教授时，回到你们的象牙塔，偶尔入世一次无所谓，只怕长久了便成了“曾为教授的娱乐人物”。我想这种称谓是对真正文化人的一次精神斩首，也是娱乐的教授们走火入魔的最终归宿。

忆逍遥书旅之峥嵘

楼沁阳

曾经听过一个幸运花瓣的故事，说谁找到五个花瓣的丁香，便可得到永久的幸福。从那之后，我一直寻寻觅觅于生活之中，历经凤凰涅槃般升华，终于找到了伴我一生的幸运花瓣：书籍。

昔日的我不求甚解，自命清高，所以没有遭受趋炎附势的污染、浮躁之风的侵袭，习惯一个人寂寞，却异常空虚。我用文学麻痹着灵魂，用文字迷失着自己，然而，沉浸在书中的我却有种莫名的空灵。雁过无痕，岁月无声，书香过隙的光阴在生命的每个空隙不着痕迹地流淌。琥珀必是经过千年埋没，忍受寂寞，看尽沧海桑田，领悟天地玄妙，才一点点明澈起来的，而我，在这风雨兼程的人生路上，自当勇毅如鹰行万里路，也要阅万卷书。

与书为友，让我少了年少的轻狂，多了些沉稳。我的书房，虽不能与天一阁相提并论，却是陶冶我情操的好去处。每当夜深人静之时，总爱秉烛夜读，欣赏千百年来或感伤或留恋的中国人酿出的汉语文明，浏览天涯归客在诗文扉页上镌刻的名篇新词。徐志摩的“轻轻地我走了，正如我轻轻地来”的潇洒；李清照“才下眉头，却上心头”的婉约；苏轼“大江东去，千古风流人物”的豁达；李白的“长风破浪会有时，直挂云帆济沧海”的豪放；柳永“杨柳岸晓风残月”的苍凉，各有千秋，令我崇敬不已。久而久之，也修得了清雅的心境。

以书为乐，让我享受到百变的乐趣。一部浩浩《红楼梦》，让我流连忘返，书中人物性格多样，温柔、娇弱、端庄、聪慧、倔强，刻画得传神形象，尽显女儿如水般灵动的本色，却又不失贞烈之阳刚。的确，岁月在晨昏中悄悄地流去，伤痛需要清洗，学着过滤自己的心境，体会书之灵动，需要品咖啡的耐心，听流水的从容宁静。

书，各式各样，百变中却隐藏着不变，是对读者情感的一种执着。无论我心情如何，书总能给予我一种恬淡幽远的气息，温暖得体的慰藉。就像那黑夜里的烛光，却因它的微弱更显温馨，又恍若那平湖无波，宁静惬意却能席卷荒芜满岸，让残叶点缀满岸新意的萌芽。在书中，不知多少文人揉碎了旧恨，多少浪子沉淀了漂泊不定的幻想。那些曾经繁华过的奢望在书中变得低调，那些执着的信念在书中蔓延滋长。曾经决绝的眼眸是否荡涤得澄澈明亮？一番相忆，一层感知，载不动，许多愁。

落红的弄晚云，舞斜阳，灵动中下了谁的渔舟？月下自远方飘来的悠扬笛声；晨曦初现中从叶尖滑落闪亮的雨滴；黄昏夕照红蜻蜓薄薄的翼纱，那般的缥缈，清新，引人遐思。恍若朱自清笔下那月下笼罩轻纱的梦；钱钟书笔下那围城里进进出出的人群；余秋雨笔下承载长烟落日的大漠孤城。

书籍在我的心幕上演着美轮美奂的戏剧，缜密恢宏如托尔斯泰的小说；唯美洒脱若华丽的鸡尾酒；诙谐精致似搁浅沙滩的海螺，喃喃地沉吟着，颇有李白的豪放，又带着杜甫的沉郁，还隐隐透露着李清照的凄伤，好不清雅！

黄河的浪涛拍打出传世的儒家文明，亚马孙的急流冲刷出神奇的玛雅文化，我不知书中的碎玉溅起的浪花掺着怎样的智慧隽永流传，只感到在书中我的灵魂腾起了一番氤氲，沁出了一段不似百合却胜似百合的幽香。阖了案头的书籍，宛如那遮不住的青山隐隐，流不断的绿水悠悠，带给我沉稳与宁静，洗濯我的心灵。知识却是必不可少的，它让我知晓雨打梨花，打不落那份冰清玉洁的品性；莲出淤泥，染不了那孤傲俊美的身姿；蚕茧自缚，为的是破茧而出时的自豪；鹰拔绒羽，为的是一飞冲天的骄傲。若是失去太阳，就别再错过群星。如果割舍掉振兴家国的遗憾；抛却执于拼搏的信仰；褪去醇香淡雅的友谊，我将在寻找卑微幸福的天空折翅，坠落，消亡！有一种幸福，不是因为拥有，不是因为完美，而是从清纯心灵飘溢出的淡淡油墨之香。

纵芭蕉，不语也飕飕，不曾消隐过的残蕊并着暗香。言语和文字虽然只能在情感的边缘徘徊游离，但我可以把触手即碎的梦永远束缚于丁香柔嫩的花蕊里，心儿从此告别漂泊，岁月从此间断挥霍。幸运的五瓣丁香我已找到，即是书，它的五片幸运花瓣，分别叫：沉稳、灵动、执着、清雅与学识。我会小心翼翼地呵护它们，避免碰落任何一片，即使花瓣落了，夹在书中，变成一片片薄薄的透明纱样物质，它依然是我心灵的栖息地，伴我一生黄昏东篱把酒。

幸福像花儿一样

张露曦

有关爱弥漫，就有花儿盛开；有花儿芬芳，就有幸福蔓延。

——题记

这是一杯飘着淡香的茉莉花茶，你倾听她柔美的花语，唇齿间便缠绕着，心谷里且萦绕着那种匀净的芬芳。

那是一处小家中牵肠挂肚的幸福场景。你带着一种久盼的心情急切推开那道朱红色的大门，踏进那大理石的门槛，迎面便奔来一位白发飘扬的老妇人，她笑盈盈地抚着你的手，引你走入爱的深处；接着一位身材略显高大，头发稀疏的老翁闻风而来，他笑呵呵地拍着你那柔嫩的膀臂；此时，一位戴着眼镜，而颇有学者风采的中年男子笑眯眯地接过你沉重的背囊，卸下你的疲惫与沉重；更有一位披着青丝的中年妇人过来揽着你的肩膀，凑到你的耳边喃喃细语，为你抹去倦容，让你倍感亲切。他们环绕着你，与你共饮清茶，共赏茉莉。你轻嗅它醇醇的花香，只觉在沸水中它舒展了的花叶，茶香便在眉目间荡漾，在灵魂深处氤氲。

唇齿留香时，你走出家庭的小院，来到广阔的人间，去体会一种更为博大的幸福，深沉的幸福。

你来到了一片废墟之上。你脚下不住一滑，抬起头来：这怎会是人间的春日？放眼望去，无数高楼倾倒，大厦塌陷，砖瓦土块，钢筋石板堆积在地上，残垣断壁，满目疮痍！迎面而来的是铺天盖地的尸臭味，漫天飞舞的沙尘迷痛了你的眼。“快点，再加把力！”“放心，有我们在！”“坚持啊，快成功了！”

耳边霎时响起兴奋的话语。你缓缓地张开眼，首先映入眼帘的是几个英伟的人儿，身着一袭葱绿的花衣，他挽起袖笼的手臂上沾满了泥土，汗液从枯黄的脸廓上滴落。工作数日，虽全身的鲜绿愈显灰暗，但欲显生命的希望，你心一颤……另一群天使翩然而至，身披着白衣，正忙着为一个个废墟中获救者输液，你心一惊……却又看见一簇橙红，这花中的英雄正帮忙抬着担架，步履艰难地向前……你已完全被撼动了……你默默地闭上了双眼，在这片废墟上你感叹着一个春日的消逝，却发现了一个新的春天的来临。有一朵花儿，从深陷的地下伸出它柔软坚韧的卷须，从重叠的楼板缝中舒展它折叠的嫩叶，它不会被废墟压败，而是愈挫愈劲地滋润着这世间这万物。这高贵鲜艳的生命之花，早已屹于百花之上，传送着无尽的大爱。于是你也加快步伐走进了这奉献者的行列。

可爱的朋友，你可否看见那天使正向人间播撒那幸福的花种，可它不只为沃土而生，更为真爱而降，任它在大地上种出一朵朵幸福之花。

百转千回

刘一畅

从年少到少年，两个字看似只是位置的颠倒，可是真正实现这两个字的变动，其间要经历多少的沧桑变化。或许用“沧桑”并不合适，我们的人生毕竟才走了一小半。站在这里，驻足回望，过去的一幕幕就像胶片电影一样在脑海中放映。一年前，3年前，5年前甚至更久更久以前的自己。她们在我回头的那一瞬间，都从远处蹦了出来，手拉着手站在我的面前。笑嘻嘻地对我说：“我们就是曾经的你呢。许多年前我们是这个样子，许多年后我们还是这个样子，可是你好像变了好多。”我知道，过去种种都如同刚发生过般存在于我的记忆之中，即使岁月流逝季节更迭也无法就那么消弹于无形之中。那都是我曾走过的路，曾经历的蜕变。唯有踏过它们才能走向我的明天。记忆中的样子依然清晰如往昔。

白驹过隙、岁月如梭、时光飞逝……这些都是用来形容时间游走之迅疾。而这快到让人无法有太多反应的过程亦不容挥霍虚度的时间，也恰恰印证了那句话：青春和美丽是不会永远留存的。我坚定不移地奉守着这老生常谈的说法。时光会带走青春，在你的脸庞上留下岁月的痕迹。所以，要在人生短短几十年找到可以使自己的双脚坚定站在大地上的东西且不会被流光所抛。犹记得一部电影里的一段台词：“我认识你，我永远记得你。那时候，你还很年轻，人人都说你美。现在，我是特地来告诉你：对我来说，我觉得现在的你比年轻时更美，那时你是年轻女人，与你那时的面貌相比，我更爱你现在备受摧残的容颜。”

与你那时的面貌相比，我更爱你现在备受摧残的容颜。那是一种饱尝人间冷暖，世态炎凉后，充满坚定隐忍与沧桑的美丽。

现在走在通往未来的道路上，离过去越来越远，离梦想越来越近。当迈着并不轻盈的步伐内心坦然地走着的时候，心中渐觉动容。我们一路这么走来再这么走下去，在年华中渐渐磨去棱角，不管我们愿不愿意。开始喜欢一些表面温润并且有质感的东西胜过那些颜色纯净一眼望到底的东西，深知前路漫长却已经在回首中饱尝所谓的世事。

生命之路途百转千回。不断地有人走进与离开。因了这千般流转的人生，才使我们更加懂得铭记与感谢，珍善与完满。

我们的人生应是一条河，波澜不惊，生生不息，并且能深刻体味到唯有安静的流水方可流得深彻而绵长。所谓静水流深，任何深厚的感情都不会有一个热闹的表象。

“无须更多言语，我必与你相忘于江湖，以沧桑为饮，年华果腹，岁月做衣锦华服，于百转千回后，悄然转身，然后，离去。”

百转千回，殊途同归。

井的故事

刘 坚

弯弯曲曲的葡萄藤上挂满了一串串紫色的圆满的珠球。新雨后的绿叶闪耀着黝黑的光，点点的繁星撒满了碧蓝的天空。那口老井望着葡萄藤，对着星空静默不语，不露一丝微笑，不显一点忧愁。

当我学会了喊“爸爸”“妈妈”之后，爷爷便教会我“井”这个名词了。那时我会趁别人不注意的时候爬上井沿摘上面的葡萄，甜甜的带着些许酸味，我美美地吃着。晚上爷爷坐在席子上，背靠着井摇着扇子，我就绕着井使劲地跑，累了便学着爷爷的模样靠着井，只觉得清凉的感觉直透入体内，说不出的痛快。爷爷便开始讲着那我不知道是否真实的故事。

“一次，一位将军带着一支部队在这里打鬼子，由于敌人太多，村子被包围了。为了不被敌人抓住，最后将军投井自杀。”

“爷爷，这口井里死过人？”我颤着身子抱住爷爷问。

“没有，没有，后来啊，鬼子走了，村里的人下去把将军救了上来，将军被救活了。后来将军说井里的水很甜呢……”爷爷似乎还沉浸在深情的回忆中。于是我知道了这口井是能救人命的。爷爷的故事讲了许多许多，却都离不开这口井。

村子里的生活越过越好了，爸爸不知从哪儿听来，说养猪可以挣钱，就决定在门前盖几排猪圈。“那井怎么办？”爷爷突然抬起头来。“填平吧。”“填平？你干脆把我这副老骨头拆了也填进去算了。”爸爸低下了头。我跟在爷爷的后面不出一声地走了。后来就没再听爸提起这件事，爸在离井很远的地方盖了猪圈。我真的为爷爷高兴，他保住了那清凉的井水，和酸酸的葡萄。

天空的鸟儿稀了，地上的草儿也枯了，葡萄藤上的叶子无声地落到了井底。不知为什么，爷爷很少干活了，常常一个人坐在井上，看着那棵葡萄树。后来听爸爸说爷爷病了，我没有多问，也不敢多问，只是一会不见他便觉着有些想他。爷爷渐渐地瘦了，脸色黄得没有一点血色，手指只剩下了皱巴巴的皮和骨头。黄昏后秋风吹卷着落地的黄叶，大大的雨点落到了井里，水面上开出一朵朵小花。爷爷就这样平静地跟着风雨走了。黑夜中我一个人坐到了老井的边沿上，任眼泪汩汩地流淌着。爷爷呀爷爷，你在哪儿呢？只有枯落的葡萄藤在呜呜作响。

每天都要去望一下老井，其实只要在门前一抬眼便看见了。那天许多人在井前忙碌，开始不以为意，忽地猛然顿悟，是爸爸在填井。我跑到老井前。“这里不用你帮忙！”爸爸给了我一句话。我平静地一字一顿地说：“在你填平它之前我会跳下去的！”父亲触电似的抬起了头，狠狠地盯着我，扬起了手掌。我平静的目光看着那双装满怒火的眼睛。火焰瞬间暗了下去，那只手也缓缓地放了下去。

天上有一个月亮，井中也有一个，地面上有一个我，井中也有一个同样的我。当有一天井中只有月亮而没有我的时候，井啊，那便是我与你合而为一了。

冬夜里的守望者

肖雯心

一

太阳公公也许很懒惰，早早就下班回家了。月亮似乎要争劳动模范，天还没黑尽就上班来了。薄云亲抚着月亮的脸庞，轻轻地为他盖上了被子，只留出他月牙形的额头。冬夜是个贪婪的家伙，迫不及待地吮吸着明亮的美味，舔尽了天边所有的亮光。而他的嘴角不小心留下了零星可见的痕迹，几颗星星在天边若隐若现地眨眼。等他饱餐一顿之后，晚归的人们开始陆陆续续地踏上回家的征程了。

二

街上的行人行色匆匆，游离在这冬夜寂静的街上，赶往不同的地点，也许是梦的归宿，也许是梦的起点。寒风吹拂着他们的脸庞，或许行走时还有几分吃力，围巾的流苏也随着风儿舞动，飘逸的弧线化作另一道风景。倦归的鸟儿也向着家的方向飞去，冬夜的寒冷让他们只能蜷缩在母亲温暖的羽翼下寻找唯一的温暖。游乐场的曾经喧闹的场面已成为记忆中的画面，曾经的欢声笑语纪念着这一季之前的愉快。可是现在萧索得只剩下几棵孤独的树木在风中瑟瑟地发抖，不知他们是否在梦想着春天的降临。

三

霓虹灯温暖的光色在夜幕下那么显眼，然而只有夜晚的星空是最美的。

小时候，仰望星空，遥想着各种各样的星座传说中的人物，渴望着看见牛郎和织女的会合，畅想着有一天飞向太空，去欣赏外面的世界。啊，充满了神秘的色彩。如今，还是在枝繁叶茂的梧桐树下，看着天空中的浪漫景色，好不惬意。深邃的天空似乎被调皮的星星肆意地分割成一片一片，就像拼图般带着几分破碎的痕迹。虽然毫无规则，却又完整无缺，梦的开始也许就是这样的感觉。冬夜的天空格外的明朗，三颗标志性的猎户座明星十分明显。我试图去寻找那指引方向的北斗七星，却看不清他的方向。不知是他在和我玩捉迷藏害羞得不肯出现，还是城市天空中的尘埃挡住了我的视线，让我抓不住他的方向，也找不到他的存在。

四

漫长的冬夜深了，街上安静得似乎风声也已经销声匿迹。恬静已不足以形容此刻的静谧，因为这时多了的是一种死气沉沉毫无生气的感觉。突然间开始怀念夏日里的知了，站在窗外唱着亘古不变的单调旋律，虽然有几分嘈杂，却永远不会让你感到寂寞。就算是无意中挂在纱窗上的几只不知名的小虫，也会带给你温馨的陪伴。然而，冬夜，除了看似温暖实则冰冷的灯光，再无别的伴侣。冬夜，如此寂静冷清。

五

我执着地等待，做冬夜里的守望者，向着远方眺望。因为我知道，在漫长的夜，也会有天亮的时候，在黑暗的深渊，也会有光明在另一方。破晓的曙光穿破层层黑暗，打破夜的沉寂。新的一个冬日来临了。早出的人们又陆陆续续地踏上新的征程，鸟儿也开始享受着冬日里稀少的阳光的普照，游乐场也开始有了几分热闹的气息。

而我，始终是那个冬夜里的守望者。守望着梦想的方向，永远不停息地奔跑着。

别转身

余济清

转身只是一个再普通不过的动作，然而也许一个轻微的动作中也会包含深刻的含义，比如记不得谁说的“不要怕，不要悔”的六字箴言可伴一生，说到底，还是告诫我们行在人生路上，别转身。

转身是对过去的追忆，停下前进的脚步，转身去忧伤，去喜悦，看着灰色的记忆慢慢融化自己的活力，直到把自己也一同染成灰蒙蒙的一片。沉浸回忆的人，要么活在虚荣中，如同前朝遗老般只知吹嘘昔日的荣耀，故意避开现实的不堪。要么活在痛苦中，整天让噩梦把自己缠绕，直变得消极悲观，整天哭哭啼啼以泪洗面，看不见现实。这两种人，或自傲或自卑，你不想做他们，就别转身。

转身是对未来的恐惧，未来就是未知，未知本可好可坏，可悲观论者，只看到坏的一面，于是在攀爬中他们退缩了，在远航前他们胆怯了，他们觉得前方是无底的悬崖，是嗜血的虎鲨。于是他们战战兢兢，裹足不前，甚至转身溜走，临阵脱逃。殊不知前进者可历百险不假，却也能观百景，他们跳过了心里的壕沟，而那些未战先怯的人，却在心中不知不觉地挖出一道深渊。你不想战战兢兢地活着，就别转身。

转身是对功利的执着，常有人心怀不甘，只因不曾参悟“舍得”二字，对身外之物过分看中，往往走不出几步便要转身回头看看，生怕自己的利益受损。或是你在路上前行，后面有无聊卑猥的嫉妒者对你攻击谩骂，你却不能忍受，偏要落下自己的前程转身和他们吵上一架。一条白绫自尽于路边，当小人们得意地从你尸身上迈过时，你曾经的伙伴，也会将早夭的你淡忘。你不想与是非多纠缠，就别转身。

不转身是对过去的笑忘。“回首向来萧瑟处，也无风雨也无情。”管你过去辉煌一时也好，曾经颠沛落魄也罢，“古今多少事，都付笑谈中”。对过去的事，无论是喜是忧，都不去追缅。不然不但会错过太阳，连群星也会失去。想要一心一意向前，专心致志做事，就别转身。

不转身是对未来的渴望，新的生活就在前方，无论是荆棘还是坦途，总要胜过那乌烟瘴气的老路。勇敢的开拓者总是会为人所铭记，为了未来而献身，又是多么壮美的死法。想不故步自封，甘愿无畏地去赌上自己的青春，为了崭新的未来，就别转身。

不转身是对功利的淡泊。钱财名利的得失，不过是自身利益的得失，眼中只有自己的人，也必定是鼠目寸光的人。千金散尽还复来，为了一点点俗不可耐的得失，便要争个你死我活，为了别人的几句诋毁谩骂，便暴跳如雷，闹得死去活来。想有一点淡泊与洒脱的气质，就别转身。

我心中明白，人生是一段旅程，到达终点的路有很多条，可惜很多人并不是走错了路，而是没有从始至终把一条路坚持走完，其中缘由，只是因为他们转身了，因为各种各样的原因，转身回头，或者停驻不动。殊不知人这一生，做好一件事便是成功，走完一条路也是成功。那些餐风饮露的行路人，我劝你们，请直走，别转身。

一步一步地走路

吴依霏

终于意识到自己有三个礼拜不能走路的时候，是在整个左腿被打上石膏的那一瞬间。我知道，什么都没了。

精心准备的艺术节节目不能上了，从去年冬天就开始培训的舞蹈也不能跳了，学校集体舞队的比赛也不能参加了，英语论坛，功课……那些对美好的5月的一切憧憬，彻底破灭。

以前总以为：在夕阳下看那美丽的肥皂泡沫消逝的瞬间是一天中最好的时刻，可是没想到，这却是泡沫最痛苦的时刻。

舞蹈，是我无法言表喜爱的一部分。可是现在，由于伤痛，不能跳舞，也没法跳舞。整日整日地躺在床上，昏天黑地。

我仿佛一下子失去了活力，以前那个乐观的我，好像一下子消失了，取而代之的是一个消沉，萎靡不振的自己。我茫然了，不知道要怎么度过这三周。我哭了，但哭过之后，抬起头，仍能看到飞鸟在天空中掠过，惆怅的心又有了一丝欢畅。

看见妈妈每天为我备好三餐，水果，点心；为了不让我腻烦，变着花样做饭；骨头汤等滋补品源源不断地摆上桌面，心中十分愧疚。才发现，妈妈原来也在渐渐老去，我如果这样昏昏度日，又怎么对得起她呢?

生活的无奈，有时并不源于自我，别人无心的筑就，那是一种阴差阳错。生活本来就是矛盾的，白天与黑夜间的距离，春夏秋冬之间的轮回，于是有了挑剔的喜爱，让无奈加上了喜悦的等待。

也许是上天的冥冥安排，我的目光停留在了书柜上的《命若琴弦》。作者史铁生双腿瘫痪，“身残”的史铁生，开始并没有“志坚”。曾经千方百计寻找自杀机会的史铁生，不会想到今天已获得如此多人的认可。之所以能活下去，是因为他为活着找到了充分的理由。他选择了写作，写作成了他的生存方式。可以说，他是被生活逼上文学道路的，可他却比别人走得更远，因为人的残缺证明了神的完美。因为身残，他有了更多的思考机会；因为身残，他更多地关注人的精神；因为身残，他更懂得了人的生存境地；因为身残，他……所有这些，为他铸就了长远的文学道路，而且越走越远。

读完史铁生的《命若琴弦》，我更加知道为自己找到生活的理由是多么重要。老瞎子的师傅在临终前告诉他有一张复明药方，但非要弹断1000根琴弦，否则就不灵。这张药方支撑着老瞎子走过了七十多个春夏秋冬，老瞎子唯一的人生目标就是将1000根琴弦弹断，以图看到世界一眼。后来，老瞎子发现复明药方不过白纸一张，复明计划失败，他千方百计找到小瞎子，对他说："是我记错了，是1200根，师傅记错了，记住，是1200根！"老瞎子知道，这1200根琴弦意味着什么。这意味着小瞎子的生命。他们的生命就寄托在脆弱的琴弦上，这是否是一个玩笑！琴弦脆弱但有韧性，人的生命也应该如此吧！

作者为老瞎子和小瞎子设计了一个人生的目标，可却又不让他们去实现。因为实现，等于破灭。老瞎子找到药方，发现只是一张白纸的时候，才明白老师傅的良苦用心。可破灭，终究还是破灭，他不可能回到从前，不可能再有以前生活的热情，他唯一能做的就是怎么让小瞎子坚强地活下去。他应该做到了，因为小瞎子相信了。这时，老瞎子才真的是"生如夏花之灿烂，死如秋叶之静美"。

顿悟。

相比起史铁生，我还幸运不知几百倍，怎能因为三周就放弃？怎能因为三周就叹息？怎能因为三周就悲伤？

想想，还是做回以前快乐的自己，不要抱怨，一步一步地好好走路，踏踏实实，脚踏实地。

梦三绝

李欣洋

一

茫然，对未来而感到茫然……

半夜，失眠，坐到窗台上，看着午夜的天空，看着深褐色却带着寂寞的天空，不知怎么联想到了未来。

期待未来，期待未来带给我的惊喜，期待未来的种种，我笑着，幻想着未来，幻想着自己以后的生活是精彩的，是快乐的……

幻想是幻想，以后的日子，谁也预料不到。其实，我怕，怕未来的日子不会是幻想中的日子，怕，害怕。

害怕。从未这么害怕，从未这么忧虑，从未这么迷茫……

我问着自己，能不能把未来看得清楚，如果寻着自己路的方向走，可不可以得到自己想要的幸福……

二

思绪无影地缥缈着，它在找属于它的天地，属于它的世界，属于它的心宿……

蓦然回首，在那零零碎碎的记忆里，它找到了。于是，带着我的灵魂，来到了我内心中最深处，最脆弱，最不能碰触到的心宿。

看着，那蓝天，湛蓝，不含任何污点，只有白云，我笑了，释然地笑了……

多情的阳光，带给我的温柔，带给我的温暖，带给我的火热，带给我的灿烂笑容，带给我一切的一切。我，又释然地笑了，是多久，没有享受这上天所赐给我们最好的礼物？

蓝天，阳光，所有的一切一切渐渐变得模糊，我无助，我傻傻地去追，傻傻地去抓住，正惊喜自己的手要触碰到时，却感受不到那是真的触摸，只有无助，傻傻地看着所有的一切，微笑渐行渐远，直到消失于不存在的世界……

直到眼前变黑……直到永远碰触不到……

蓝天，阳光，一切的一切，渐渐地与我隔离，渐渐地永远只能在我的梦中才可以出现，然后，成为我的梦三绝……

后记

睁开眼，看着窗外，原来是一个梦，是一个梦……

再次醒来，太阳已经挂在天空中，可对我来说，已经没有意义了……

当家人含着微笑叫我起床，看着家人，觉得，其实家人能在自己的身边，陪伴自己，就已经很满足了。我，笑了……

再抬起头时，发现属于我的天，阳光，一切的一切又回来了，我再一次释然地笑了……原来，满足，学会满足，就可以释然。

加加爱

——读欧·亨利《麦琪的礼物》

李幸

8月盛夏的夜晚，我坐在房间里漫不经心地看着最新热门韩剧，听见厨房里“叮叮当当”碗筷的声响，还有爸爸妈妈洗餐盘时的聊天声，嬉笑声……一声一声，一句一句，承载着满满的幸福。他们好像在讨论不久后的旅游计划，还有我的生日聚会事宜。不一会儿，妈妈竟哼起了歌：“Honey，Honey……”其间夹杂着窗外浅浅的鸟鸣，都激起我心中的车水马龙，如此这般，我想到了德拉和吉姆，还有那个带有异常怀想的平安夜。

爸爸妈妈是一对非常恩爱的夫妻，在我眼中，德拉和吉姆，就是像他们一样爱得不似真实。因为深爱着对方，德拉和吉姆在平安夜，变卖了各自最心爱的东西，怀表和长发，为对方买了珍贵的礼物——表链和发梳。故事不长，却有种缓缓的疼痛感，准确地说是一种留恋吧！

“他们都是麦琪！”我扑向这最后的感慨。对吧，海鸟和鱼的相爱，日本原宿街的邂逅，以及德拉和吉姆的礼物……世上怎会有这么多美丽的，令人感动的错误呢！也许是因为爱吧，是爱啊，这是美好事物的原动力，以及人们生活下去的勇气。就像德拉和吉姆，贫穷真的不算什么，只要有爱就够了。

总说爱是快乐。我们都向往快乐和美好的事物，就像我们为何如此喜欢传说和童话一样。有时数一数，从指间溜过的时光，开启存封的记忆，竟发现全都是快乐的怀想。独自托起下巴面对阳光痴痴地笑：友爱、亲情、旁人的爱情，撑起一方快乐天地，爱在，快乐在！

德拉和吉姆因为浓浓的爱献出了自己最心爱的物品，虽然这最后变成了一场错误，却也是因为太爱了，爱得心酸，爱得伟大。也许这两件礼物到最后没用了，但不代表没有意义了，它们象征着相爱的人为对方真诚的付出。我总是喜欢聆听爸爸妈妈的声音，观察他们富有情调的生活，寻找他们为对方的付出。爸爸为了陪妈妈去看她最喜欢的电影，放弃了难得的足球赛；妈妈为了爸爸的生日，在商场转了一下午，找那条他喜爱的领带……都是一些很小的事情，对吧，却也是疯狂，爱都是由小小的付出浇灌滋润而成的，平凡却也伟大。

如此加一加，爱=快乐+付出，起码这是我对爱最基本的理解，也许你认为爱还是相信、牵挂、承诺……很多很多，确实对爱的理解是无穷无尽的，因爱有幸福，因爱有感伤，因爱有伟大，因爱有错过，因爱有懂得。

《麦琪的礼物》是对爱最细微的理解，也许里面含有欧·亨利一贯对世局的讽刺，但我首先是被爱感动了。

静静的夜晚，微弱的灯光盖着我的眼睛，旁边是妈妈温和的声音，讲述她和爸爸阴差阳错的故事，其实我已经听了很多遍了，但一次比一次感觉新鲜。

突然觉得我们的生活还真是璀璨呢！

简·爱，一朵盛开在冬天的樱花

龚恽玮

樱花，都在春天开放。曾有一朵樱花，傲立在茫茫雪地之中，她就是简·爱。

淡白色，几乎和冰雪融为一体，很少有人发现她。就这样，一个独特的姑娘被淹没在茫茫人海之中。

这朵樱花经历了酷暑的考验。在盖茨赫德，她寄人篱下，终日面对着嫌弃、蔑视、侮辱和毒打，但这些并没有使她屈服，她用弱小的身躯，做了令对手们胆战心惊的抗争，直至被逐出无她立身之地的盖茨赫德。在罗沃德寄宿学校的生活，更是对她肉体的惩罚和心灵的摧残，学校施主不仅当着全校师生的面诋毁她，还把她置于耻辱台上示众，但这爆发了她的内在力量，使她变得格外坚强。她没有在屈辱中沉沦，她以自己的行动，在学业上突飞猛进，并取得了师生的信任。到此，简·爱结束了她地狱的烤炙。

毕竟，她本应开在春天，她既然选择了严冬，就得忍受炎夏的烤炙。没有哪朵夏花看得起她，但她始终在与夏花们对抗，每当夏花夏叶对她说："别做梦了，该你开的时候你不开，非得跑冬天去，真是可笑、可悲、可怜至极！"甚至要用她们的身体去伤害她的生命时，她总给予严厉的反击，尽管她的生命已很娇弱，在太阳的强光下，她早已不堪一击，但她从来不管这些，她不管以后会怎样，她心中只有一个信念：我决不向你们低头！正是这坚强的决心，支撑她走过了炎炎夏日。

这朵樱花又熬过了秋日的洗涤。她一踏进桑菲尔德就卷入了爱情的漩涡。她同样不卑不亢，始终保持着个人尊严。在她看来，羁绊是爱的坟墓。所以，她毫不犹豫地离开了她心爱的罗切斯特先生，离开了桑菲尔德。正因为她渴望自由，尽管圣·约翰是她离开桑菲尔德后在沼泽地的救命恩人，品行端正，很有抱负，又拼命追求她，但由于"仅以这样的身份依附他，我常常会感到痛苦，我的肉体将会被置于紧紧的枷锁之中……”“……做他的妻子……永远受到束缚……这简直难以忍受”，终于，她毅然拒绝了圣·约翰的求婚，她觉得自已高于一切。到此，简·爱告别了炼狱的净化。

毕竟，她本应开在春天，她既然选择了严冬，就得接受夏秋的净化。她喜欢秋天的菊花，她喜欢他的独傲凉秋，她想同他一起开放，可她一回想夏日的付出，她又坚定了要在冬天开放的决心。她让秋菊从她的心中离开了，而这时秋风又来追求她：“开吧，小姐，向世界展示你的美丽吧！”她仍旧拒绝了。因为始终有一个声音在对她说：“我的孩子，逃离诱惑吧！”正是这声音伴她走过了凉爽秋季。

最后，这朵樱花终于绽放在了寒冷的冬天。简·爱得知罗切斯特先生在大火中为拯救发疯的妻子而不幸双目失明，躯体严重残疾，丧失独立生活能力，又妻亡财毁时，她以全身心的爱投入了曾被她断然拒绝的罗求斯特先生的怀抱。这是一种无私的爱，只想付出，不求回报。至此，简·爱得到了她人生的幸福。

冬天终于来了，尽管寒风呼啸，冰天雪地，但她还是开了，淡白淡白的，丝毫不被沾染的纯洁。她开在了秋菊的身旁，那曾经被她拒绝的秋菊，早已枯萎，却仍存有一丝绿意，没有被吞噬。但现在，她不会寂寞，因为樱花妹妹来陪她了，永不离弃，直到绿意消失，樱花枯萎。

简·爱是一朵樱花，一朵盛开在冬天的樱花，尽管命运曲折，人生坎坷，却能快乐绽放，幸福畅笑。

剑锋所指，谁与争锋

——《斯巴达克斯》读后感

石艳秋

斯巴达克斯，一个令罗马人颤抖的名字。他，曾经是一个角斗士，被罗马人取笑；角斗场上，与死神做着斗争。他，曾经是一个拥有众多奴隶，所向披靡的队伍的首领。他，曾是一个足智多谋，带领英勇善战的将士，建功立业，杀敌无数。他死后，尸首虽然被钉上了十字架，但他的灵魂早已升上了天，蔑视地看着这一切。他，永不败……

斯巴达克斯从一个奴隶到首领的完美变身，来源于他骨子里的傲气，来源于他不屈服的性格。他一切只为奴隶，只为生活在社会最底层的人，只为打翻这不合理的一切。斯巴达克斯最清醒的那块意识告诉他："掀起一场巨大的风暴，要创建一个新的世界。"

他一切只因心中的那把剑，那把正义之剑，这把剑在他的心中永远指着那一个方向：为奴隶们奋斗！

细细回味，这把剑其实一直在人们心中。只要你愿意，就可以轻而易举地操纵它，但是你必须为正义而用。

中国每一个王朝都说自己因正义而建，却终究因颠覆正义而灭亡。中华人民共和国的建立便是正义与邪恶的对抗。自古以来"邪不压正"，正义之剑终将刺破一切黑暗，正义之士终会领着人们冲向光明。

这让我想起了哈利·波特。在哈利的世界里，光明唯有穿过最沉重的乌云才能照耀大地。哈利的长辈和生死与共的朋友始终都站在他身边，用自己最大的努力照亮哈利内心的阴影。13年前，哈利的母亲用尽自己最大的努力为哈利吟唱古老的保护咒，13年后哈利面对所有人都惧怕的大魔头，依然没有退缩，他的那把正义之剑，指向了正义与勇敢，他终于胜利了。

斯巴达克斯也是这样吗？心中的剑，为了伙伴，为了自由而指向正义？事实告诉我们，他这样做了。虽然起义最后因为斯巴达克斯错信小人而被镇压，但是实际上它胜利了，它严重动摇了罗马统治的根基，也在每个奴隶的心中印上了烙印。斯巴达克斯去了，但是一批又一批的英雄涌了上来。

因为他们都知道：面对黑暗的一片天空，惧怕不会带来好处，唯有坚信光明的存在，就一定会有阳光穿过乌云，洒遍全身。

斯巴达克斯走时好美，他的灵魂从僵硬的躯体中走出，升至半空中，轻蔑地看了这块令他仇恨的地方，一转身，走了。他是一定去寻找墨脱了，那块他心中的圣地，长满了莲花，纯洁无瑕。

而他的那把剑会掉落在人间的哪一隅，会溶入谁的灵魂之中，你？我？

那把剑已被他磨得雪亮，只要使用者心中有善，心存正义，剑锋所指，无人能敌。

搭档

廖瑞嘉

春临，几次斜风细雨，将窗外的景色冲洗得渐淡若无，思绪远扬。

我紧盯着悲鸿先生的《箫声》，画中的少女手持长箫，眼神那般凄凉、孤独。形影单只的她仿佛是整幅画的中心，将人们带入一个极其孤僻的世界里来。

在散乱的灯光下，这幅画的剪影已经刻在我的心中，这是一种满足和美感，正因为这幅画就是我的写照——孤独而自我。

正当我还在与这幅画对比时，旁边有声音道："你喜欢这幅画吗？我看你站在这儿很久了。"他像是这儿的导引员，架着一副眼镜，眼光深邃地看着这幅画。我有些不自然，但壮了壮胆说："是啊，我最喜欢这种幽静，孤独，带些悲恸的画了……"他沉默了一会儿，随即开口："虽说我不是专家，但我觉得你错了。这幅作品不是要呈现孤寂之美，不然，你看，她和她的搭档……"

"什么搭档？"我忍不住打断了他，"不就她一个人吗？"他指了指少女手上的箫说："难道你忘了把它给算进去了？""呵呵，不要以为人和人在一起才是搭档，只要是两个能互补的物体，可以携手搭配出同样的魅力，不就行了？"他拍拍我的肩，"我表达能力不好，而且只属于我个人观点。"他又问了问我的家长是不是和我在一起，就走了。

周围嘈杂的议论声我仿佛都已听不见，再次审视这幅画，它已经改变了，我似乎与它已经没有了距离。一种含蓄的活泼在画中隐隐作现，仿佛这画的精神已经超越了凡·高的癫狂，戈雅的飘逸，它建立了自己独有的一种精神力量，是少女的长箫萌发的——前进、不懈的动力。

原来，搭档已不单是一种合作，而是我们心灵应汲取的一种精神：成功者的搭档是勤奋和努力；而失败者的搭档就是懒散和堕落。我们只能靠自己选择自我搭档，让它一路伴我们而行。

我那么坚定地踏着一串串脚印，走出惆怅，满怀憧憬，远去了……

第五部分

春江花月夜

夜，安详地睡了，长长的睫毛柔柔地拂过我的面颊。风还在游荡，撩起我的单衣;琵琶声还在萦绕，撩动我的心弦。对着这水、这月、这花、这风，这一切的一切，我轻轻地许愿；请让我的心留下……

——李行《春江花月夜》

漂亮月亮，落在水里

李家文

清冷的月光又徐徐缓缓、晶晶莹莹地洒落在人间。过往的风温柔地吹起，仿佛是温蔼的慈母在哄着襁褓之中的孩儿静静地梦眠。芭蕉才吐浅碧，叶若华锦，羞答答地低了眉头。樱桃初红，皎月下却更显风姿，欲与月光争华年。月越升越高了，也越发惨白了。

“长安古道马迟迟”，也许李白就是在月亮如盘、华彩遍地的夜里离开长安的吧！夜长安褪去了白天的喧闹，在晚上越发寂静。寻常巷陌里传出阵阵狗叫，李白骑着马缓缓地行着，他想把周围的一切最后再看一遍。月光照亮了他的背影，却一点点拂去了他远去的身影。换回一场功名梦，李白从此逐月华。

名山大川中留下了李白的身影，寻常百姓家传唱李白的佳句。从此，李白成了真正意义上的诗仙。百姓眼中他是神话，提起他便想起仙人的飘逸。读书人眼中他是高度，“笔落惊风雨，诗成泣鬼神。”他是一个永远难以超越的偶像。

世人爱慕李白，只因喜爱他的诗，浪漫不羁、奇逸瑰丽。李白喜爱月和酒，把他们视为老朋友。因为每当他与老朋友相逢时，他才能找到归真的感觉，找回那个真实的李白。

离开了长安的李白并不快乐。也许很多时候，他都可能在强颜欢笑。“我歌月徘徊，我舞影零乱。”为何老朋友相遇会如此凄清，连欢娱亦成了寂寥。那个浪漫不羁的李白哪去了？那个灵光四射的月亮哪去了？月、酒、李白，老朋友相聚为何相顾无言，只有泪千行？也许是李白只有在这样的夜晚才会向老朋友诉说自己的孤苦。小小世界里迷漫了酒的醇香，庭院中泼洒了月光。李白就是这样，一月一世界，一酒一人生。

然而李白毕竟是李白。当功名前程已成镜月水花，他承受着梦想破灭的痛苦，却并未因此消沉。他没有选择自暴自弃，而是选择了怡然自乐。“且放白鹿青崖间，须行即骑访名山。”人生一世，变化万端。快乐、伤心，也许就是转瞬的事情。繁华背后透着凄凉。往事也都将成为过眼烟云。面对生活，活得快乐完全取决于自己。所以他访游名山，无不尽情。每当他感怀时，他也是彻彻底底地将自己的真性情涌泄在天地间。这便是一个活生生的诗仙。

世说李白是醉酒水中捞月溺水死的，多么符合诗仙的气质。死也死得这么诗意。在无数次酣足于世间的美好后，李白总算找到了他的归宿。朦胧间，我仿佛看见了那晚漂亮的月亮，落在水里了……

春江花月夜

李　行

唐诗三百首，浩浩汤汤，张若虚仅凭这一首，已技压盛唐。
婵娟照千里，皎皎洁洁，琵琶女拥有这一轮，已心旷千古。

——题记

一把琵琶，一炉香烟，任古韵清音在屋中流淌，回荡萦绕心间。月光滑过琴弦，斜风穿透单衣，微雨敲打着夜色，化成一个个跳动的音符，滴进春江水，柔滑着从耳边拂过。

拟花为裳，掬水为珮，泛兰舟破云水，手提一盏彩鸾灯，越过大宋的烟笼云罩，穿过大唐的粉墙黛瓦，那扶堤垂柳，那船舸笙歌，可是梦里江南？

春江潮水连海平

晶莹的水慢慢地涌动着，好似少女柔顺的头发，犹如仙子轻柔的浮尘。水如此流，心就这般柔。从江堤上下来，靠近于江水了。丝丝缕缕的江水从指缝间流过，如多情的青荇，柔柔的，滑滑的，凉凉的。水上漂来几片花瓣，就这样打着卷儿，绕着圈儿，随水而行，飘飘然。蓦地，心弦被轻轻地拨动了一下，一缕怜爱，一丝缠绵，一种思绪，一份柔情，轻轻地在心里荡漾，像微风掠过这琴弦一般，微微地颤动，虚无缥缈的，或许心也已浸在这清灵的水里了。月光在江面上轻旋，满天星斗都从水里笑盈盈地望着我。树影在江底轻轻地摇曳，我这才发现，原来心在江底那颗星星树上荡漾。

皎皎空中孤月轮

月牙才罢晚妆，盈盈地舞上了树梢。柔和的月光轻洒在澄澈的江水上，真的有了“烟笼寒水月笼沙”的意境。世界像是整个都浸在了牛奶里一般，朦胧凄迷。一时间，似乎回到了那纯真的年代：一个人坐在绿得成了一汪水的草地上，撩动着思绪，回忆着斑斓的昨天，憧憬着缤纷的明天。心灵的窗户向月光张开了怀抱，清冷的月光沁入心底，如琼浆流入夜光杯。想是月亮被我看羞了，她急急地拽过一片云朵，想遮住丰润的面颊，可一不小心，云朵被撕碎，溅成满天繁星，荡漾开去，在天上；荡漾开去，在心田。

月照花林皆似霰

花儿静静地沐浴在清新的空气中，这该是怎样的一片空气啊？它夹杂着鲜嫩的树叶、潮湿的泥土和各种芳香，它是一种能真正唤起你对于暖融融的春天、对人生美好回忆的气息。花儿微微张开着，令我不禁想起“兰陵美酒郁金香，玉碗盛来琥珀光”。玉面含笑，笑出了幸福的回忆；粉颈轻摇，摇出了快乐的憧憬。心在花间散步，眸在花间旅行，环绕自己的都是幽幽花香，弥漫空中的都是柔柔感悟。几丝细雨轻敲花瓣，“自在飞花轻似梦，无边丝雨细如愁”，我眼角的，究竟是泪，还是雨？

夜，安详地睡了，长长的睫毛柔柔地拂过我的面颊。风还在游荡，撩起我的单衣;琵琶声还在萦绕，撩动我的心弦。对着这水、这月、这花、这风，这一切的一切，我轻轻地许愿；请让我的心留下……

我的空中楼阁

李乐薇

山如眉黛，小屋恰似眉梢的痣一点。

十分清新，十分自然，我的小屋玲珑地立于山脊一个柔和的角度上。

世界上有很多已经很美的东西，还需要一些点缀，山也是。小屋的出现，点破了山的寂寞，好比一望无际的水面飘过一片风帆，辽阔无边的天空掠过一只飞雁，是单纯的底色上一点灵动的色彩，是山川美景中的一点生气，一点情调。

小屋点缀了山，什么来点缀小屋呢？那是树！

山上有一片纯绿色的无花树。花是美丽的，树的美丽也不逊于花。花好比人的面庞，树好比人的姿态。树的美在于姿势的轻健或挺拔、苗条和婀娜，在于活力，在于精神！

有了这许多树，小屋就有了许多特点。树总是轻轻摇动着。树的动，显出小屋的静；树的高大，显出小屋的小巧；而小屋别致出色，乃是由于满山皆树，为小屋布置了一个美妙的绿的背景。

小屋后面有一棵高过屋顶的大树，细而密的枝叶伸展在小屋的上面，美而浓的树荫把小屋笼罩起来。这棵树使小屋给予人另一种印象，使小屋显得含蓄而有风度。

换个角度，近看改为远观，小屋却又变换位置，出现在另一些树的上面，这个角度是远远地站在山下看。首先看到的是小屋前面的树，那些树把小屋遮掩了，只在树与树之间露出一些建筑的线条，一角活泼翘起的屋檐，一排整齐的图案式的屋瓦。一片蓝，那是墙；一片白，那是窗。我的小屋在树与树之间若隐若现，凌空而起，姿态翩然。本质上，它是一幢房屋；形势上，却像鸟一样，蝶一样，憩于枝头，轻灵而自由！

小屋之小，是受了土地的限制。论“领土”，只有限的一点。在有限的土地上，房屋比土地小，花园比房屋小，花园中的路又比花园小，这条小路是我袖珍型的花园大道。和“领土”相对的是“领空”，论“领空”却又是无限的，足以举目千里，足以俯仰天地，左顾有山外青山，右盼有绿野阡陌。适于心灵散步，眼睛旅行，也就是古人说的游目骋怀。这个无限的“领空”，是我开放性的院子。

有形的围墙围住一些花，有紫藤、月季、喇叭花、圣诞红之类。天地相连的那一道弧线，是另一重无形的围墙，也围住一些花，那些花有朵状有片状，有红，有白，有绚烂，也有飘落。也许那是上帝玩赏的牡丹或芍药，我们叫它云或霞。空气在山上特别清新，清新的空气使我觉得呼吸是香的！

光线以明亮为好，小屋的光线是明亮的，因为屋虽小，窗很多。例外的只有破晓或入暮，那时山上只有一片微光，一片柔静，一片宁谧。小屋在山的怀抱中，犹如在花蕊中一般，慢慢地花蕊绽开了一些，好像群山后退了一些。山是不动的，那是光线加强了，是早晨来到了山中。当花瓣微微收拢，那就是夜晚来临了。小屋的光线既高于科学的时间性，也高于浪漫的文学性。

山上的环境是独立的，安静的。身在小屋享受着人间的清福，享受着充足的睡眠，以及一天一个美梦。

出入要道，是一条类似苏花公路的山路，一边傍山，一边面临稻浪起伏的绿海和那高高的山坡。山路和山坡不便于行车，然而便于我行走。我出外，小屋是我快乐的起点；我归来，小屋是我幸福的终站。往返于快乐与幸福之间，哪儿还有不好走的路呢？我只觉得出外时身轻如飞，山路自动地后退；归来时带几分雀跃的心情，一跳一跳就跳过了那些山坡。我替山坡起了个名字，叫幸福的阶梯，山路被我唤做空中走廊！

我把一切应用的东西当作艺术，我在生活中的第一件艺术品——就是小屋。白天它是清晰的，夜晚它是朦胧的。每个夜幕深重的晚上，山下亮起灿烂的万家灯火，山上闪出疏落的灯光。山下的灯把黑暗照亮了，山上的灯把黑暗照淡了，淡如烟，淡如雾，山也虚无，树也缥缈。小屋迷于雾失楼台的情景中，它不再是清晰的小屋，而是烟雾之中、星点之下、月影之侧的空中楼阁!

这座空中楼阁占了地利，可以省去许多室内设计和其他的装饰。

虽不养鸟，每天早晨有鸟语盈耳。

无须挂画，门外有幅巨画——名叫自然。

天空很寂寞

梅小思

天空从来没有张扬的红色，如果把她比喻成一个孩子，至少，她从未放肆地笑过。

抬头看云朵，总是游弋在天空的怀抱中，温暖而美好。或半眯着眼，静静地凝望着我们；或干脆睡个懒觉，好久好久都不愿醒来；或者肆意地和天空说着情话。有那么一片云，呈不太规则的心形，两边很奇妙地像拥有一双翅膀，在湛蓝的天空下，有一种幻觉，她似乎要越飘越远，云朵边缘是细小的纹状，真像翅膀层层羽毛在微风中柔柔地扑张着。此刻，我真想在天空中写下这么一句话："回归，是出发时就定好的方向。"

阴天，女孩感性的心灵或许很忌讳谈阴天吧！我从未去过北方，但我想，北方广袤的天空一定很少像南方的天空一样蓝得透明。那应该是纯粹的白，似乎永远被蒸气笼罩着，你是多么盼望着那一片氤氲的景象慢慢澄澈的吧！所以，她足以让你有企盼的心情。阴天的时候我常常把她想象成北方的天空，朦胧，给人遐思。那时，总是在上课时探着个小脑袋张望着，每次将目光投向窗外都渴望眼眸忽然明亮。她总是不给面子，却愈发让我着迷，也许我是接受了她的低沉，抑或，我是爱上了盼望的心情。

黑夜里，总爱与好友驻足仰望天空，旁边是行色匆匆的人们。他们的脸上或写满焦急或微露哀伤。现在是冬日，天上的星星少得可怜，月亮也不知躲到哪一方，然而天空依旧静谧。有时觉得她像极了一条无边的闪亮的皮衣，每一个人，每一个生命都在她的怀中，只是都以自己的方式活着。就好像有些人在黑夜里犯罪，有的却在欣赏它的美。而那些面露难色的行人，那些夜里行凶的罪犯，只需仰头，一切大概也便豁达了。羡慕莎拉 · 布莱曼，被人们誉为"月光女神"，能与黑夜相伴是一种怎样的幸福啊！

天空毫不保留地将喜怒哀乐剖析给我们欣赏，虽然从未有过像红色那样的激情，却始终坦然、真率和快乐。生活是具体的，任何华丽的语言都掩饰不了生存的不幸，装点不了生命的苦痛。也许，我们可以像天空那样伤心的时候选择灰蒙蒙，愤怒的时候选择狂风暴雨，恬淡的时候选择海蓝与白云，孤单的时候选择静静的纯白，深沉的时候选择黑夜，甚至我们可以拥有天空从未有过的那份热血与张扬。但，有谁可以像天空那样一直淡泊明志，一直沉静坦率，尤其是在不幸与苦痛时？

此刻，天空正在微笑或者忧伤，谁知道呢？就像她那么美，却很少有人静心凝望。史铁生将自己比喻成一架飞机，我想自己也是，真正腾飞的那一刻是在天空的内心里翱翔。

漂泊的萤火虫

许贝贝

今年夏天，一个灯火通明的夜晚，一只小小的萤火虫惊慌失措地闯进了我的窗子，它瘦瘦的光亮被窗外耀眼的霓虹所吞没，微弱得像一粒尘埃。

我想起了明子，曹文轩教授笔下那个营养不良的小木匠。他跟随师父和师兄从小乡村漂泊到这个“并不属于他们”的干净高雅的城市，像一只走失在灯光下的萤火虫，找不到方向，找不到容身之地，也找不到回家的路。

明子一直惊慌失措着。他无法克制心中的好奇，无法按捺胸中的恐惧，无法平息辛辣的嘲讽，无法驱除繁华的诱惑，无法释怀小小的不安。他蜷缩在破烂不堪的窝棚里，用武侠小说麻痹自己的惶恐，用被子捂住自己的尊严。可是这个至今仍遥不可及的城市还是慢慢将他的自卑熬煮成无地自容的羞耻感。

他做过很多庸俗荒唐的梦，他从没见到比这座城更美的梦。他懵懂的脑袋只能用“福气”、“命”来解释这个“永不可触摸”的梦。那些闪闪发光的名牌服饰，与他仅隔着一层薄薄的橱窗玻璃，可那些让他“无言以答”的价格，像一道鸿沟让他畏惧，他深知“这个世界与他们无关”，这时的他显得多么黯淡无光啊。

当“绝八代的”人家扔给他发霉的烟，惺惺作态地宴请他们（不过是清水煮白菜和腻得发亮的肥肉）时，他不得不义愤填膺地将那碗肥肉塞进三合板的夹层里，因为“对拿人不当人的人，不能太客气”。当他和师父师兄在酒馆里被“狗眼看人低”的店长冷落时，他们像三个傻瓜，被金钱鲜明地划在了这个世界之外，而他们却无法报复金钱的讽刺。他们几乎没有权力像萤火虫一样发亮。

我拉下窗帘，关掉灯。萤火虫的星星之火瞬间照亮了无边的黑暗。其实萤火虫一直散发着光芒，只是只有它自己知道或者在意。

环境可以模糊他人的双眼，却不能蒙蔽明子的心灵。他的善良之光和尊严之光一直在抵挡着城市的冷漠和人性的荒凉。他同情瘦弱的小木匠，把好不容易争取来的木匠活送给了他；他担心孤苦伶仃的鸭子，与他相互照料；他感激帮他隐瞒糗事的师兄，阻止他陷入赌博的泥沼；他真心帮助瘫痪的紫薇，令她重新燃起生命的火焰；他甚至为令他恨之入骨的师父感到哀痛，因为师父失去了心爱的女人；即使他真的很需要钱，可他从没想过去赌去偷，像书中那群高贵的山羊宁死不吃天堂草一样，不属于他的东西他不会奢求。

不知不觉中，明子一天天长大，城市还是那样不可捉摸，可他的灵魂却慢慢接近了初夏的太阳。他要坚定地朝前走去，不再漂泊。

萤火虫在黑暗中盛开了美丽的光芒，照亮了前方的路，一寸一寸越飞越远……

又到春花烂漫时

洪文苗

故土之于我，俨然已成为了一些零落于记忆之中的碎片。倘若它一直处于沉睡的状态也便罢了，但当一种潜伏于血液之中的归依感被郁达夫先生的笔所唤醒时，那是怎样一种强烈而饱满的精神状态，那又是怎样一颗满溢着感恩之情的心灵。

我等待着，等待着又到春花烂漫时，我要再一次拥抱你，我爱的土地。

我要拥抱下一个花季，拥抱记忆里那片繁华的紫云英。他们着实是太不起眼的植物了。浅紫色的幼嫩小花，酷似三叶草的叶片，它们是如此渺小以至于常常被人们忽视。农人应无暇欣赏它的美，他们只用它在种下一季作物前护田。但它们却是倔强的，它们需要作为花的尊严，于是那一抹浅紫开始蔓延，从一小簇到一大片直至充满整个视野。我常跟它们在一起，听它们拔节的声响，看它们迈向繁华的每一步。它们一定拥有林清玄先生所述的万物为了感恩而努力的心吧。其实紫云英是很忙的。

放风筝，这种记忆太深深印刻着了。背景是大片大片梦幻般的浅紫色，年幼的我们牵着风筝线与耳侧的风赛跑着。时而半仰着头看看风筝，上升，上升。风拍打着它，那单薄的躯体似乎摇摇欲坠却始终努力向上。但风筝能自由穿梭于稀薄的高空的情况毕竟少之又少。大多数时候我们手上扣着外婆圈的棉线笨拙地跑着，风筝则跟在身后艰难地“匍匐”，因为风筝都是大人把着我们的手糊的，在那样的穷乡僻壤里是没处买的。

还有用来打水煮饭洗衣的那口清泉，井壁上有斑斑的苔藓和地衣；家门前缀满葡萄的棚架，一到秋天便是一副果实累累的样子；地瓜田里有我们被主人追逐而狼狈不堪的场景，我们虽落了一地的锅碗瓢盆但有幸还是吃上了香甜的地瓜。

大地的心一定是五彩斑斓的，不然它怎么能够滋养出那么多缤纷的繁花，又怎么能够生长出我耀眼的年华。我要以青石板、石子路、骡子车、杏花雨，我要以一切拥抱你——我热爱的土地。

清明时，我看着大人们除草、扫墓、上香，想着这已然是中国几千年的习俗了。中国人讲求的落叶归根，其实是一种回归自然的状态。我们本来就来自大地，死后我们的躯体在土层里分解、腐烂，重新回到大地的怀抱，这正是生命的一个完美轮回。但人与自然邂逅却又是一个极大的错误。当我们砍下一片原始森林，做了另一片原始森林的门票时，我们洋洋得意的笑容里隐藏着最深的悲哀。当我们为大地灌上水泥装，并且努力将水泥堆砌到更高的层次时，当我们用砖墙围出一片“自然”，给它一个名字，让它接受游人的膜拜时，我们已经失去了回归自然的能力，失去了落叶归根的权力。

故土始终是不复往日了，它只能成为一种记忆。而只有在这记忆里，我掬一汪清水，握一把苍凉。

又到春花烂漫时，春花无处觅归根。

生活在别处

林晨曦

你会时不时地厌倦现在待的地方吗？你会想要到别处去吗？你会不会时时仰望清明幽蓝的天空，然后眯起眼睛想象梦中的天堂呢？

当阳光丝丝缕缕落进黑色的瞳孔时，我总会想，别处的某个地方，是不是有比这儿更澄澈淡远的碧天呢？

记得有句话说：每个人都是有根的，长在脚底下，你若轻轻地触动它，就会有细小的疼痛。而我爱触碰这舒服的疼痛时，却更渴望脱离它的束缚，然后，到处去漂泊，然后，就像Westlife所唱的；“Over seas and coast to coast，to find a place l love the most.”——相当美好，不是么？也许真有那么一天，我会去天青似镜的西藏，去春色满城的大理，去漫天遍地都是一片洋洋洒洒的紫色清芳的普罗旺斯，去从脚下到天际都只有一种刺眼的金色的撒哈拉，去冰天雪地纯净得几乎让人窒息的极地……我总无端相信，在这广袤的青天下，在千万里之外的某个地方，有一个只属于我的天堂。

有时候，我也希望自己能每天安然地穿梭在现实的小路上，一步一步走过泥泞，然后有一天，也在大学校园里逍遥自在，也在办公室里埋头苦干，也在菜市场里步履维艰，也在午夜梦回时打个电话给谁，说着“人生啊人生”然后就这样过一辈子。像树木一样，从哪里冒芽也就在哪里还根。

但我注定在内心掩藏一份动荡，幻想从一场繁华漂泊到另一场繁华，或是苍凉，每分每秒都有人无限憧憬地开始扬帆，我想要成为这其中的一员，“生活在别处”——当它似不经意地从兰波口中呢喃而出，当它被刷在巴黎大学的围墙上，当它被米兰·昆德拉弄得尽人皆知时，它与我毫无干系；而当我开始向往香榭丽舍的浪漫，斯里兰卡的香茶，马尔代夫的日光海岸时，它就在我心上刻下深深的一笔，像荒漠里的岩林。风裹挟着干红的砂土在巨石的罅隙里呜咽，划出痕迹斑斑，无法磨灭。于是在追寻“别处”的脚步得以迈开之前，心就已经展开了摸索的旅行，于是在心还没有飘荡到那个“别处”之前，脑中就已经无数遍掠过那里的风景。无可名状的感觉，总是在某一时刻毫无征兆的袭来，让我不经意就伸出手，想要触摸那个未知的伊甸园。

也许，在世界尽头的某个转角真有一个注定属于我的地方？也许，在某个天真曼妙的拂晓我会踏上属于我的旅程？啊，即使“别处”遥不可及，至少在精神上我要“生活在别处”——那是我灵魂栖息的地方。

你说，后来

徐利莉

你说可人如玉，与子皆臧；后来长亭远眺，夜色微凉。

千年的等待，只等你转身时的惊艳。

幽幽素雪，静静断桥。我寻觅了千年，终于等到你那千年来让我魂牵梦萦的脸庞，从你惊讶的眼眸中，我看到了自己的倾城容颜。

我成了你的娘子。三月西湖，翠柳如烟，春雨如酒，醉了我的梦。画舫中我的梦呓，弥散出幸福的味道。

天若有情天亦老。奈何命运骤然转身，将我的幸福撕裂成雪，洒落一湖悲伤。

我不甘千年的等待却敌不过人妖殊途的宿命。可任凭我水漫金山也挽回不了幸福从我的手中挣脱。我只能继续等下去，等到西湖水干，雷峰塔倒……

雷峰塔下，古佛青灯，诉说着不朽的传奇。

你说锦瑟韶光，华灯幢幢；后来荼蘼开全，青苔满墙。

无尽的泪水，只为等你转身后的彼此相惜。

命运推我转身，将我从美满的家庭推向你的身边。

“好生奇怪，好像在哪里见过一般，何等眼熟至此！”“这个妹妹我曾见过的。”

三生石旁，我是绛珠仙草，你用甘露救我于将死。我们盟结木石，缘定三生。

“我就是那多愁多病的身，你就是那倾国倾城的貌。”潇湘馆内，翠竹林中，细纱窗下，我流连着我们的幸福……

倾心的付出，让我不堪命运的再次转身。“叹人间美中不足今方信”，在你婚礼的笙箫中，我黯然离去，你可知道这是一个“恨”字也表达不了的幻灭。

你说暗香浮动，刹那光芒；后来红尘紫陌，雪落太行。

一转身是一段段佳话，一转身是一段段传奇。

命运的转身可以是美丽的邂逅，可以是平凡生命的奇迹。那一刻，万水千山已过，你就站在我面前，用静默的风景，静默的声音，把这一生的美好说给我听。霓裳缱绻，落红铺地，柳影斜阳，让我目所及处都只是一片暖暖。

命运的转身可以是极尽的毁灭，片刻之间天堂沦为地狱，温暖和祥和的美丽被血泪浇筑成另一种“绚烂”，极尽的悲剧式的美丽。是否，没有悲剧就没有震撼？是否，没有血泪的洗礼，美丽的神话也会黯然无色？

我不懂，不懂为何命运一次次出乎意料地在我的生命里反复无常。在一次次为了那些故事落泪的时候，我知道，无论是欣喜还是悲痛，都是心灵为那动魄的美丽触动。

生命在一次次转身后都绽放出更惊心的美丽。

然而，红尘紫陌，玉楼朱颜，笛声如诉的旷世美景，会在哪次的转身后再出现在我面前……

你说水静莲香，惠风和畅；后来云遮薄月，清露如霜。

我静静走过，接受命运安排，欢乐还是苦难，我都微笑面对。我知道，下一个转身，会有美丽的释放。

寻

王　吉

谨以此文献给我所热爱的天文以及同样热爱天文的人。

夏日午后的阳光照在每个人脸上，传递着夏日独有的热度。云没有散开，还是在天空中活跃着，有时候会把阳光隐没。焦躁的蝉鸣透过耳膜传到每个人的大脑皮层，扰乱同样带着些许焦躁的人的心。

终于还是决定去黄贤观测流星雨了，虽然天气并不理想，但还是决定拼一次。于是，一行40人在一个夏日午后坐上了开往黄贤的大巴。一个半小时后到达黄贤森林公园。

一下车，所有人的第一反应就是看天。天上还是有很多的云，遮蔽着大部分的天空。天空失去了夏日里特有的纯蓝色，眼前的香樟和翠竹没有了阳光的映衬显得没有生气，独自在路边。希望，很小了。

吃完饭，一行人步行上山，登上海上长城的观景台。视野变大了许多，宁海、象山尽收眼底。有点浑浊的海水，附和着同样不明朗的天空，飞机飞过伴着轰鸣却看不到电影里出现的云迹。

天渐渐变黑，星辰渐渐从东方升起。寻，即将开始，但伴随着的还有等待。

流星雨将从午夜12点左右开始，但天气一点都没有转好的意思。所有的人都还在等待，还在祈祷，祈祷云能打开，祈祷能寻到流星的踪迹。

凌晨3点，希望降临。

在等待了大半夜后，漫天的云终于打开了一个不到十分之一的缺口，云渐渐从里至外散开，能看到这部分天穹中所闪烁的星光。耀眼的木星时隐时现，东南边的天空渐渐明朗。寻，从现在开始。

“流星！流星！”在这一刹那看到东南边的天区中一颗流星划过，金色的闪亮的痕迹，还未从脑海中褪去。欢呼、兴奋在这一刻爆发，等待的值得在这一刻体现，坚持的力量在这一刻创造奇迹。

在接下来的一个多小时中，在那样一片不到十分之一的天区里，在那样明亮的月光的影响之下，我们共寻到了十多颗英仙座流星的踪迹。临近天亮，在东方的天空，我们还一睹了猎户座以及天狼星和金星的倩影。

是的，我们会坚持。在这么多年中，始终有这样一个团队，坚持着在四季的夜晚追寻着星星的踪迹。郊外、海岛、山顶，无数个或阴或晴的夜晚，都能寻到他们的身影。孜孜不倦，永不言弃。他们坚持，他们团结，他们为了共同的梦想而不懈地努力着。而我，作为这个团队中的一员，被这样一种力量所深深地感染着。

始终追寻，无论晴雨。如果没有这样一种精神，如果没有这样一群人的共同努力，也一定不会有这次流星雨的成功观测。无数次的活动都证明了，只有坚持，才能寻觅到最后的成功。

所以，比寻到流星更为幸运的是，我是这样一个具有坚定信念和理想的团队中的一员，我有这样一群坚持着追寻自己理想的志同道合的朋友。能够寻找到这样一群朋友，是我最大的财富。

在将来的岁月中，也一定会有阴晴，一定会有各种的挑战，一定有更长的路。但我们也深信，一定会有更美好的苍穹，一定会有更灿烂的星天。

而我们，就是这样一群追寻星空的人。默默地守候，默默地坚持，默默地在天地之间追寻自己的理想。我们有这样一个共同的名字：寻星人！

东方的天空出现了鱼肚白，云霞渐渐被辐射出来的日光染红，泛着层层细腻的金色。眼前的山头上，是云海，弥漫在那样的一片绿色之中，悠悠然的恬静和自在。头顶白色的鸽群翱翔着，映着天空的纯蓝，煽动着洁白的翅膀。眼前的草木上有晶晶亮的露水，闪烁着高光，映在每个人的眼眸里。大地被照亮，日出了。

天亮了，并不是寻的终结，而是下一次寻的开始。

寻找天堂的鸟

梅小思

窗前有一根羽毛，平凡的，灰色，黯然地躺在窗台上，偶尔颤动一下。

我仰望天空，没有风起云涌，湛蓝且平静。试图寻找那只粗心的小鸟，未果。或许它正在换羽毛，也有可能用喙啄跳蚤时不小心落下了，甚至，它被哪个顽皮的小子用弹弓射中了，或者是在迁徙途中累死了……种种猜想，得不到任何回应。突然想起泰戈尔的诗句："天空中没有鸟的痕迹，但我已飞过。"泰戈尔是不是把自己想象成一只鸟？——在新春飞来飞去搬运筑巢的枝叶，有了宝宝后又为它们觅食，冬天来了坚强地迁徙。鸟儿的一生充实而伟大。

爱鸟之人，非陶渊明莫属。《归园田居》中写道："羁鸟恋旧林，池鱼思故渊。"他把统治阶级的上层社会斥为"尘网"，把投身其中看成是"羁鸟"；"山气日夕佳，飞鸟相与还"中的鸟摇身一变，变成了恬静，悠然的象征；而《归去来兮辞》中的"云无心以出岫，鸟倦飞而知还。"亦是与"羁鸟恋旧林"有着异曲同工之妙。由此可见鸟之灵气，若在笼中则让人寄托渴望自由闲适之情，若在空中又成了诗人羡慕的对象。无论何时何地，鸟总是人灵魂深处的知己。它的眼眸小巧闪亮，偶然的一瞥，间或地一转，神气与美丽不言而喻。

我相信，鸟是最懂感情的。有一篇童话，叙述的是鸟妈妈和鸟宝宝在一户人家的大院里安了家，因为鸟宝宝曾从树上的巢跌下过，所以妈妈在地面筑巢。可是，冬天到了，宝宝还是瘦弱得无法经受长时间的迁徙，就留在了原处，鸟妈妈要飞去给它们觅食。后来，鸟妈妈快累死了，托风把它的眼泪寄给宝宝，让泪珠告诉宝宝："千万别让大院里的野猫给捉住了！"又是一个迁徙的悲剧！据说，迁徙危险而漫长，有许多鸟儿落队或者在路程中被射杀，但它们不作任何放弃。有人说，那只是一种习惯，习惯了一种残忍，便丝毫不觉悲壮或伟大。可我以为，即便是习惯，那也要多大的勇气与毅力，很有可能在血与泪的挣扎中最后还是逃不脱自然的主宰，惨烈地死去，羽毛陨落，身体被野狗叼去……

我们只是肤浅地认为，布谷叫代表着春天来了，杜鹃叫得十分凄婉，麻雀聒噪得让你哭笑不得，百灵与画眉叫得最高清脆动听，鹦鹉总是喧闹着模仿人。然而，它们也许在为恋人歌唱，为亲人歌唱，为自然母亲歌唱，也为自己短暂的生命与坎坷的路途歌唱。它们或许交流着哪种虫子比较可口，哪棵大树最温馨，哪户人家最友好，哪个宝宝最健壮。于是，人类愈发地自以为是，砍树，捕鸟，掏鸟蛋，戳鸟巢……可是鸟儿又能怎么样呢？它们只有不知疲倦地歌唱，歌唱……

我将羽毛小心收好，如果有鸟儿回来寻找，我一定微笑着送给它，请它别再忧伤。

第六部分

阅读让梦想御风飞行

每当我感到生活的平淡，自身的浅薄与渺小时，只要拿起一本好书，我便起飞了。

起飞了，速度还很缓慢。四周静悄悄的，世界像沉入了湖底。犹如波光潋滟的水牢。而我飞向水牢深处，仰望天空疾疾掠过的飞鸟，口袋里装着坐井观天的幸福。

——雷馨《纸间飞行》

当各式文化扑面而来

凌欣元

这个时代，各种各样的文化扑面而来，让人目不暇接。不管是文字、图片还是音像，不管是书籍、电视还是网络，每天有无数的信息摆在眼前。文化，不管是好的或坏的，精细的或粗糙的，有价值的或没价值的，饕餮大餐或残羹剩饭，都在这个忙碌的世界里穿梭，最终，等待采撷。

有人说，现在已经进入了读图时代。我不敢苟同。的确，图片比起文字有它的优势。图片给人的视觉冲击力是文字无法达到的，且对于绝大多数人来讲，读图所用的时间要比阅读文字少得多。图片以它的直观性在这个快餐的时代里占据了一席之地。但，文字是不可替代的。文字凭借它的精准性，使它从被创造以来尽管经过了无数变迁却依然万古长存。图片给人的感受是不一样的，然而文字的限制可以给你一个准确的定位。从这点上来讲，文字无疑比图片更利于传承思想。现代都市的繁华和浮躁使许多人失去了静下来阅读文字的耐性，他们通过随手翻阅图片来了解信息，但这并不能说明我们进入了读图时代，就像快餐业发展得如火如荼，却从未撼动过大餐的地位。

有报告显示，近5年国内读书人口持续下降，一半国人不读书。我觉得这不仅不是文化衰落的表现，而恰恰是文化发展的表现。现今我们了解世界的方式早就不仅仅局限于书本了。“没知识你也得有常识，没常识你也得看电视”，电视和网络已经成为人们文化生活中不可或缺的事物，越来越多的人放弃了书本，改为电子阅读。诚然，纸质阅读不会被淘汰，但不可否认的是，电子阅读突飞猛进的发展已经对纸质阅读产生了一定的冲击。现在有很多人像追电视连续剧一样追网络连载的小说，包括我，追一部书已经追了10个月。如果叫我等待它出书，这个过程太过漫长，而网上时不时地更新，让我有了看下去的希望。当然，在越来越多的电子阅读的同时，我感到自己是离不开纸质阅读的，也许电子阅读让更让我喜欢，但纸质阅读更让我习惯。

随着科技的发展，我们面前放着“一本本”色、香、味俱全的“百科全书”，我们可以眼观六路，耳听八方，足不出户，走遍天下。这，是时代带给我们的至上便利，但同时同样意味着信息泛滥。每天，你的邮箱里可能会收到最新的病毒，你的手机里可能会收到垃圾信息，你家门口可能会被写上私家侦探的电话号码，你看电视总能看到千篇一律的冗长广告。这些是我们不愿看到的，但它也是信息，也是文化，只不过是他们爆炸、泛滥的产物罢了。

当各式文化扑面而来的是时候，我们要有选择地去接受，去粗取精，找到最合适的、最需要的、最有益的。不要蒙蔽了双眼，或是挑花了眼睛。这是我们在这个科技和文化主导的时代里应该学会的。

纸间飞行

雷　馨

阅读是午夜的御风飞行。

——题记

我是爱看书的人，我想是的。

我看很多的书，各种各样的书，我喜欢在灿烂的阳光里，在膝上摊开一本书，旁边放上一杯水，然后听风吹开书页的美妙声音。

我的书房里有个红木书柜，里面塞满了各种各样的书。在童年的记忆中，书柜向来是高大的。我常常站在书柜前面，仰着脖子看那些花花绿绿厚的、薄的册子。

我仰头看着它们，就像看着我的小幸福。

每当我看懂了书上的几个字，都会欣喜地挥舞着我的小拳头。当然这都是母亲告诉我的，我记不起来了。

记不起来第一次认出书上的哪些字；记不起来最喜欢的图册上画了什么；记不起来迷路的狗是怎样找到主人的；记不起来是在怎样的一个午后翻到了最后一页。但每当我读到一本好书，那种渴望、愉悦与即将读完的不舍是永远不会变的。

不论又迎来了几次潮汐；不论年轮又转了几圈；不论又经历了几次斗转星移，这种幸福，这种激动都是不曾改变过的。

阅读是午夜里的御风飞行，我一直这么认为。阅读似乎成了我生命中的一种极其重要的状态，当黑色的风从翅膀底下穿过的时候，我总会莫名的兴奋。

每当我感到生活的平淡，自身的浅薄与渺小时，只要拿起一本好书，我便起飞了。

起飞了，速度还很缓慢。四周静悄悄的，世界像沉入了湖底。犹如波光潋滟的水牢。而我飞向水牢深处，仰望天空疾疾掠过的飞鸟，口袋里装着坐井观天的幸福。

这座水中的空城是安妮宝贝编织的，而我像个迷路的孩子，仓皇地站在这个城中。

我想我是喜欢安妮的，但有时候我会主动地拒绝，因为安妮总是给我大片大片措手不及的空洞以及内心流离失所的荒芜。我想那不是我这个年龄所应该承受的。所以，我拒绝。

可是很多时候我需要一些敏锐细小的疼痛，让我抵抗生命中呼啸而来的麻木。

安妮对我来说又像是开在水中的蓝色鸢尾，像是生命里的一场幻觉。幻觉降临的时候我们从时光的两个入口分别进入、相遇，幻觉消失，我们也就告别。安妮依然是那个落拓但美丽女子，我依然是那个用功读书的好孩子，什么也没有改变。

就像一个浪人在雨天里躲进一栋废宅，生起一团火，然后第二天雨停了，火灭了，浪人继续上路。那座废宅并没有改变浪人的方向，只是浪人会记得有个雨夜他在一栋废宅里用一堆火取暖。

浪人会感激那堆火，而我会感激安妮。

但水牢像是泡沫一般，才刚刚出现，一会儿又碎了。

我于是随着成群的银鱼飞行，看见远处仿佛有一大片热烈的色彩在燃烧，飞近了，原来是海葵。

我一直无法明白为什么一个男人会有那么冷艳张扬的想象力，像是海中色彩斑斓的海葵，漂亮，但会蜇人。苏童便是这样一个男人。《妻妾成群》中那口关于宿命的井总会在有风雨声的夜晚闯进我的梦中。我到很多地方都会去看看那里的井，看井下会不会有人喊我下去。

水下的世界待久了便感到冷，我想脱离这咸涩的海水，却发现挣不脱了——我遇见了杜拉斯——她的那些支离破碎的语法像是海中浓密的水藻，一大团一大团晃动的灵魂，丝丝缕缕将我缠绕。我挣扎着，呼吸着，看着。

她的文字总是潜藏在幽暗的深深的水中，我一定要屏住呼吸潜下水去才可以看到那些深水中绽放的美丽焰火，那些华丽到极致的幻觉。然后我浮出水面，大口呼吸，同时迎接暴风雨后的虚脱。

我继续飞行，在将身体埋入层层密密的云海时，我想：这真是趟不同寻常的旅行。

眼睛被云雾遮住，四周尽是乳白色的一切。我穿过云层，向身后望去，云海仿佛被我切割成各种形状。在阅读这场飞行中，我竟然可以改变世界。

空气逐渐变冷，天空却好像燃烧起来了。

我想我该回家了，再美的夕阳也没有万家灯火那般温暖。

即将降落的时候，我却意外地遇到了许佳。她是那么安静，像一株静立的木棉，而她的文字则像是从木棉枝叶间渗透下来的被洗涤了千百次的阳光，不急不缓地如春水般流进我的皮肤。她就是用那么不动声色的文字成就了那么庞大的精致。

很多时候当我感到压抑或者寂寞，我就会去翻《我爱阳光》的最后一章，看完之后我的心情就会波澜不惊了。她的文字有一种向上的张力，就像是有人站在很高很高的蓝天之上嘹亮地唱歌。

歌声响彻天际，而我也伴着那余音降落在最初的起点。

放下书，闭上眼睛，回想着所发生的一切。像梦一样。

纸间飞行，飞过我的泱泱四季，飞过我的悲悲戚戚。

阅读教会我的事

杨玉莹

在笼罩着奇异色彩的黄昏，在夜色茫茫星辰烁烁的夜晚，坐在落地窗旁，手捧一杯清茶，在氤氲的雾气中，在淡淡的茶香里，看着书上跳动的文字，指尖抚过书页发出清脆的声响，被茶香和墨香包裹着的我，心中一片宁静，世事尘嚣，离我远去。

我并不是一个读过很多书的人，但却是一个真心热爱阅读的人。我也不是为了丰富的知识面，流畅的文笔和华丽的语言而去阅读，我仅仅只是迷恋，迷恋阅读时的恬静，仿佛青山绿水中有我的一片天地；迷恋阅读时的多愁善感，轻声叹息，仿佛身临其境，成为故事中的一员，看尽人间的悲欢离合，相执相依；迷恋被墨香包围的感觉，仿佛自己到了另一个没有杂尘的世界，寻找一个真实的自我。

我并不是一个好学的人，可是阅读却成了我的兴趣，书本竟伴我走过了如此美好的岁月。很难想象没有书本的陪伴，我会成为一个怎样的人。会不会失去了今天所拥有的美好品质？没有了温和，变得狂躁；失去了平静，变得心烦意乱；不见了理智，变得惊慌失措；消失了冷静，变得心浮气躁。原来失去了书本，不再阅读的我，会成为在岁月岔口迷路的少年，眼里是迷雾，失去了判断方向的能力，无法成长，无法蜕变成熟。

我并不是一个聪明的孩子，面对广阔的世界，我是稚嫩的，青涩的。但是书本让我有了广阔的视野，让我看见了残酷的现实，人类社会的丑陋和成长的伤痛。残酷的现实是年少的我们所飞越不过的高墙，会抹杀掉属于我们的勇气和梦想。虽然我们很渺小，但是我们心中却有整个世界。这是阅读所让我拥有的坚定信念，只要永不言弃，饱怀着属于孩子的勇气，相信自己，就可以飞越高墙，追求梦想。或许，没有阅读，我便会失去了个性鲜明的青葱岁月，找不到年少轻狂的张扬。是阅读，让我成了现在的我。

我的成长，我的青春，有阅读的参与才能如此精彩。

书本陪伴我走过了这一段静美的岁月，它让我学会了阅读，学会了写作。80后笔下明媚而忧伤的青春，曾让我泪流满面；那些关于成长，关于得失的篇章让我深深动容。于是我也经常执笔，记录下生活的点滴温存，美好的青葱岁月以及平静的校园生活，我稚嫩苍白的文字当然不及书中语句的华丽，却是我珍爱的独一无二的青春所刻下的深浅痕迹。当我不再能笑得张扬狂傲时，抚摸着这些年轮上深深的刻迹，我想我会感谢，感谢阅读，让我学会了如此多的事。让我记录下青春，让我学会缅怀，让我保存着属于成长的美好回忆，这些书本教会我的，让我体会到的事，是我一生的珍宝。一笔，一划，一字，一句，一段，一篇，那便是我看到的，写下的青春。这些零乱的片段，让我学会成长，享受生活。

阅读，让我学会了成长，学会了飞翔。

读书与成长

蒋 沁

一

在成长过程中，不同年龄段会对不同的语言风格产生不同感觉，不同的书也给人不一样的启迪。正如培根所说："读史使人明智，读诗使人聪慧，演算使人精密，哲理使人深刻，逻辑使人善辩。"只有"以全为本"，读不同的书，才能汲取成长所需要的各种营养元素。

二

从小我就算比较喜欢文字，读过的书也有很多种。对我影响最大的应该是周国平的哲思散文吧。其实他的书我也就看过《人生哲思录》。书中并没有绵长感人的故事，也没有诙谐幽默的举例。大段大段的感悟与说理，用最精辟的语言向读者传送深刻的思想和独特的视角。或许哲学家处世方式的不同会让我没办法理解他的一些理念，有时甚至产生排斥，然而我却从他的文字中汲取了思想的力量。对于人生、自然、社会、成长，是它向我传授了一种态度和一种思维方式。似乎就在读了他的书之后，我能够用最快捷简单的方式理解到事物更深的层面，也能用更理性的眼光去审视周围的一切。也更加享受这种思考带来的满足感。

喜欢这样的文字，给人以力量，启发思考。如果仅仅将读书作为一种吸收，读书人是很失败的。正如那些搬套八股文的进士，有什么用呢？读书所启迪的思考是一笔财富。张爱玲说："有的女人要很多钱，有的女人要很多爱，而我要思想。”这是物质与精神的区别，也是感性和理性的分歧。正是这种思考造就了这样一个旷世才女。

换一个角度想，读书如何能不思考呢？人的经历毕竟有限，很多事情只能度过一次，很多人也只能遇见一回。我们有什么本事在短暂的生命中为即将到来的一切做好准备保证不留遗憾？如果只靠亲身经历靠记忆，显然是不够的。这个时候，书籍为我们提供了间接经验，帮助我们更好地面对未来。

三

我们的经历虽然很有限，但它是我们感悟文字的基础。有一些书，没到年龄你永远理解不了，有一些感觉，没经历一些的事情永远感受不到。古人云：“读万卷书，行万里路。”其实，只有行路了，你才能领会书上说的辛勤与苦累，只有经历了，才能体会书上所有的形容词，所有的长短句。在经历基础上的读书，是我们必不可少也永远在获得的过程。

读书也是一个输出的过程。是一个记录、传递的过程。读着王维的诗词，是否能想象他在挥毫作画？读着顾城的文字，是否能感觉到他内心的挣扎？过去的人们用文字记录下了自己的感动与经历，留给我们品味。我们也用自己的文字记录自己的悲欢，留给将来的自己回味。想象一下我们老了，坐在摇椅上看看从前写过的字，回想从前的幼稚与辛酸，也在怀念从前的无忧，感怀于过去的遗憾。写作让文字有所传承，让我们的感情有所依傍。

我的作文也经历了好多好多个阶段。从小时候的摹画，到长大后编的故事，到真实的挥洒。从前将感情最大化，写出来的东西浮躁；将思考最大化，写出来的东西枯燥；将技巧最大化，写出来的只是空洞的辞藻；现在的文字，谁知道呢？留给以后吧。文字的变化也是成长的变化。然而再变，自己的文章抒发的，也永远是自己当时最真实的状态。

离不开我的文字，只要我依旧让它陪着我记录点滴，这就是它能赋予我最大的快乐。挥洒抒发的过程，能给心灵最大的快慰。让烦恼伤痛随之一泻千里，让快乐幸福留下深深的印记。

四

文如其人。不论是文章的内容，题材，文风，观念，都在传递着作者的价值观。了解一个人的性格与思想，文字是再好不过的载体。读书亦如读人。其实人和动物的区别就在于思维，人是精神的动物。书与人早就融为一体，不可分离。

我们面对的书很多，当然有喜欢的和不喜欢的。喜欢的，如遇到故人。不喜欢的，能给你批驳的冲动。我们尊重所有作者的思考，然后做自己的选择。

书能缓解所有的不快与压力，能传递最浓郁的芳香和爱心。乘物游心，在书籍与思想的汪洋中来一场豪奢的逍遥游，何其快哉！

读书与装相

姜 楠

我相信大多数人与我一样，喜欢与高贵血统的书籍“攀上关系”，而杜绝低贱血统的书籍侵入我们的思想。这种思想并不庸俗，只是缺少一个思维的过程……

我早在儿童时期就明白了读书的重要性，但对我来说，更重要的是读什么书。有时候，读书不但要吸引自己的眼球，同时也要吸引别人的眼球，但想平衡这两者的关系确实非常难……于是，在那个充满幻想的年龄，我选择了“虚荣”，并开始了“虚伪”的行动。

不久后你就看到了这样一个场景：一个年纪不大的小孩带着不屑从人群中走过，高贵的目光不肯施舍给低俗的书籍和庸俗的同学们……

很荣幸，这个酷似“王子”的人就是我。

从此以后，我踏上了“高贵之路”，但很快，我发现我无法与这些高贵的书籍沟通，通俗一点儿说，就是看不懂。

从此以后，“装相”成了我生活中必不可少的一部分。

那段时间我真的是十分痛苦，想放弃，却又舍不得“王子”的称号，但整天看一本看不懂的书，又觉得浪费人生。直到那节语文课，我才改变了此后的价值观与人生观……

我没想到我的小学语文老师是莎士比亚的“粉丝”，更没想到原来我看了半年的书就是莎士比亚的《哈姆雷特》。在课堂上，老师深情地说：“王子只有通过努力才能登上王位，学好语文只有‘读书’这一条路。像姜楠同学就很好，读点名著总是好的……”顿时，我的心被喜悦塞得不留缝隙。我心想：原来装相也有装相的好处，以前的苦总算没白受，我以后一定要继续……

“那么请你发表一下意见，你对这部书的看法。”老师微笑着对我说。

我此时才突然明白，有一种情形叫相对无言，有一种心情叫窘迫不堪，有个老师叫愤怒无边。

老师似乎明白了，对我冷笑一声，同学们似乎也明白了，冷笑声一片。从此，我的大名传开了，有个小子整天抱本书装王子。

其实，追求高贵是每个人都希望的，这种思想并不庸俗，只是少了成长过程而已。

那河，逆流着悲伤

刘壹辉

一个人的生活，不会构成一个完整的故事，当生活中出现越来越多的陌生人，故事才开始完整。在《悲伤逆流成河》这本书中，我看到了另一个世界，以旁观者身份，感受着一个完整却悲伤的故事。

翻开书，走进晨雾弥漫的弄堂，压抑的文字，在一开始，就为悲伤的结局埋下伏笔。小小的弄堂，没有欢声笑语，更多的是女人们的虚荣与嫉妒，家庭的支离破碎，邻里的自私冷漠，在这样丑陋的环境里，我看到被黑暗笼罩的易遥，被光明围绕的齐铭。

易遥，是这本书中的主要人物。12岁的她，由于父母离异，生活发生了巨大的改变。在她的眼中，妈妈林华凤是个“烂女人”，她恨她，有时也很爱她。母女二人相依为命，却看不出对方的关爱，她们的沟通是吵架。在如此不和谐的家庭里，易遥艰难地成长着。在家里，她面对的是母亲，在学校，要面对的是同学。心灵看似扭曲的她，在学校同样要承受太多太多。同学的嘲讽，或许她早已不在乎，只是在耻辱面前，她仍然坚强。可是又有谁去理解。齐铭是和易遥在同一个弄堂里一起长大的男生。他被一个连自己的母亲都不信任的人信任着。同样，齐铭也信任了一个不被亲生母亲信任的女孩。也许正是因为有这信任的存在，易遥才能在如此让人绝望的环境中生存。齐铭对易遥的好，是弄堂里唯一让人心暖的事。他们之间，不是爱情，或者超出了爱情。齐铭和易遥的身边出现了顾森湘和顾森西，更大的悲剧，正朝他们袭来。母亲意外离去，顾森湘因厌恶肮脏世界而选择离去，易遥在最后失去信任时，选择离去，齐铭在黑暗中闭上双眼，一个悲伤的故事就此成河。

放下书，我仍然沉浸在悲伤中，我有好多好多的不理解。为什么易遥的母亲总要打骂易遥？为什么母女之间要恶狠狠地咒骂彼此，却又在生病时痛心流泪？这到底是为了折磨对方还是折磨自己？齐铭的母亲对别人的事毫不在乎，只关心自己的利益，显现出的是人性的自私。同学之间的相处，在书中让人心寒。唐小米的“大小姐式”行为，女生之间的报复心理，凸显出难以想象的黑暗。最后，一条意外的短信让易遥背负了罪名，也让顾森湘遭受到伤害。一个人的内心承受能力决定了一条生命。易遥活着，是因为齐铭的信任，易遥死了，是因为齐铭的一句：你去自首吧。易遥唯一信任的人不相信易遥，生活的意义也就这样消失了，让她毅然选择离去。而齐铭，是因为歉意，还是因为同样看到世界的黑暗而绝望？

“不同的人生活在不同的世界里。红色的、蓝色的、绿色的、白色的、黄色的，甚至是粉红的世界。为什么唯独你生活在黑色的世界里。”

只因为，自己生活在有色彩的世界里，翻开空白页，看着缓慢流动着悲伤与寂寞的巨大河流再次逆流。

留在生命与记忆中的墨迹

蒋 沁

我还很清楚地记得当时是怎么遇见《墨迹》的，一个周末在书市信步闲逛，在一堆封面中间忽然出现了一个温柔的笑脸。说实话，子墨并不算非常漂亮，但她身上那种气质却让我给她打了个大满分。翻开书页读了两行，语言很干净，于是心里就是有说不出的喜欢。买回家，读罢还兴致勃勃地介绍给其他同学，都得到一致好评。她的经历让无数人羡慕，她的成功也让人折服。

当同学们正为高考焦头烂额时，她已经保送人大；当梦想留美的硕士生们向托福600分冲刺时，她小小年纪却用660分让不相信她的人彻底臣服；当同窗们还在忍受着枯燥的课程，她已持全额奖学金踏入美国常春藤名校。这样的求学经历，很难不让深处寒窗的我们仰望叹息："她怎么就这么厉害！"

然而我对她这段生活印象最深刻的却是她小小年纪就有如此的自信和独立。毕竟，只身一人赴美学习需要的不仅仅是勇气，还有自力更生的能力。敢于说"我就要报分数最高的专业"需要的不仅仅是自信，更要深厚扎实的学习功底。但这些，对于好强的她来说，似乎都那么水到渠成。当我们看到这样一个自信，勤奋，乐观，坚强的子墨，对于她日后在华尔街取得的巨大成功也就不觉得突兀出奇了。

这种人生经历可算得上"一路顺风"。我也曾有过疑问，难道她就没有失败过吗？诚然，她是一个幸运的人。出生在书香世家，她的所有人生选择似乎都是正确的，不断地把她推向成功的高峰。但是换个角度想想，如果是你要面对艰难的哲学课程，是你要爬上十几层楼高的剧院修理顶灯，是你要在完全不谙水性的情况下跳进两米深的池子，是你一人在异国他乡凭感觉学习语言，是你孤身一人遍访各大的面试现场。这时候，你会觉得自己很成功吗？然而对于子墨，她不会想象成功与否，甚至在全书中她似乎没有提到过自己有成熟的梦想，她只是在遇见困难的时候一个个把它们打败，让道路平坦起来。乐观这个词永远伴随在她身边。她的好强让她面对挫折不断奋发，取得胜利。这些胜利给予她自信，让她永远乐观地相信着，一切都会好起来的。

回望这样骄人的成功，子墨的笔触轻快而淡然，从辉煌走向平淡，她笔下写的是心中的回忆而不是可供夸耀的成功。她的传记不仅是写给别人看的，更是留给自己的记忆。她就是这么真实的一个人。这种真实融化在她的性格里，表现在她的言谈上，绽放在她的笑容之中，或许这就是作家笔下写的“纯真”吧。还记得她经历过那一轮又一轮的面试轰炸吗？正是这种真实让考官写下了“不惜代价，一定要雇用”的认定。

不仅真实地面对他人，子墨面对于自己也很真实。她并不十分在乎别人的看法，只做自己认为对的事，从心出发，给自己一个顺心的环境。所以她在摩根士丹利工作4年后，毅然放弃了这份令无数人羡慕的高薪工作，离开事业巅峰。她给自己的人生留下了一个轻松华丽的转身。

现在的她，带着淡定的笑容坐在凤凰的主播台上，如同她所钟爱的西藏的天空一样，澄澈清明。在《社会能见度》当中，不卑不亢地向采访对象提出问题，在《世纪大讲堂》中为观众阐释真知，真诚乐观地继续着她的美丽人生。

或许是相信着自己与她有一定的相似，那样的喜欢简单，渴望证明自己。所以才对她有着不同一般的欣赏。在她的感染下，但愿自己也可以自信满满地走向成功，留下生命与记忆中的一缕墨香。

《边城》读后感

陈立韵

最朴实的故事展现最动人的感情，让我从心底感动的，让我流连忘返的是沈从文的《边城》。

当我放下书本，闭上双眼，故事的一幕幕便不受控制般地向我脑海袭来，那清澈见底随手可摸的小河，千百年来挂在河边的苗家吊脚楼，那攀引缆索的渡船，穿着节日盛装，男女老少立于河边，人山人海一年一度观看端午龙舟赛，河边水车、碾坊、渡口，悠悠地月夜中传来男女青年的歌声……令人神往，正如潘旭澜所言："这些富有地方色彩的景物，都自然而又清丽，优美而不加浓涂艳抹。"

随着岁月的流逝，翠翠慢慢长大了。船总顺顺的两个儿子大佬天保和二佬傩送，不约而同地爱上了翠翠，而翠翠的心里只有傩送。爷爷不知外孙女的心思，二佬的双亲也猜不透年轻人的心，按照苗家人的礼节，把翠翠"放话"给大佬天保，为二佬傩送也物色一个富家千金，并有碾坊作陪嫁。但傩送宁愿要渡船也不要碾坊。在河边渡水长大的天保怀着重重的心思竟然在一次乘船外出时溺水身亡，傩送悲痛不已，外出未归。老船公在一次山洪中谢世，在乡亲们的帮助下翠翠埋葬了老船公。翠翠依然在渡船中静静地等待着傩送归来。

《边城》是那样纯净自然，展现出一个诗意的自然环境与人类社会。然而最终美好的一切只能存留在记忆里：天保与傩送一个身亡，一个出走，祖父也在一个暴风雨的夜晚死去，一个美丽的爱情故事以悲剧告终。

作者曾在他的题记中表示，因为《边城》的主人公们都是正直的，诚实的，生活有些方面极其伟大，有些方面又极其平凡，性情有些方面又极其美丽，有些方面又极其琐碎——他动手写他们时，为了使其更有人性，更近人情，自然便老老实实地写下去了。仔细想想也就怪不得《边城》被称作中国现代文学传统中的巅峰之作。

作者说："你们能欣赏我故事的清新，照例那作品蕴藏的热情却忽视了。你们能欣赏我文字的朴实，照例那作品背后隐伏的悲痛也忽视了。"这段话让我不由得思索了许久，思索自己从这小说中到底读到了清新、隐痛、朴实还是热情？或兼而有之？

永恒的痛

——读《妞妞》有感

郑凯文

“我爱我的女儿胜于爱一切哲学。”这是《妞妞》开篇前令人感动的一句话。

一页空荡荡的白纸上，只有这几个小小的字悬在中间。虽然如此，但我看到的，却是一整页的、满满的、沉沉的痛。

在《妞妞——一个父亲的札记》的世界里，我们看到把女儿看得比什么都重要的伟大的父亲，这个父亲就是我们并不陌生的周国平。

记得几天前，第一次翻开这本白色的、厚重的书时，是翻开目录的反面一页。上面有一幅素描画。

画上，一个穿着长裙的小姑娘，手中提个小篮子，正低着头，若有所思。天空下着毛毛细雨。

一点……一滴……

下面有一行让人读起来落泪的文字：

“爸爸疼妞妞哭。

今生今世，

妞妞是永远的哭声，

爸爸是永远的疼痛。”

妞妞，从诞生到死去，对于外人来说，或许只是些许的感伤罢了，可是对于周国平这位从妞妞咿呀学语就时时守在她身边恨不得把妞妞的一切都捡起来藏进保险柜的、视女儿为一切的父亲来说，那是多么沉痛的打击啊！

他曾经问他自己：一个婴儿刚出生就夭折了，他究竟一无所失，还是失去了他应该享有的漫长的一生？生命的得失究竟该如何去衡量？

周国平从妞妞降生的那天起，就为她写日记。打算在妞妞18岁生日时，把它送给妞妞作为礼物。可是，妞妞却永远都不可能读到了。

在一篇日记里，周国平写道："爸爸中年有你。等你长大，爸爸就老了。想到你如花盛开的时候，爸爸要离开你，爸爸怎么舍得啊！"而现在，离开的不是爸爸，却是心爱的女儿。

妞妞，周国平生命中的一个奇迹，却因为妞妞母亲在怀她时迫不得已照了X光，导致一出生下来就患癌症的妞妞在这美丽的世界上只活了562天，就永远地、悄悄地离开了人世。

妞妞扑闪着折断的翅膀，一次次徒劳地撞在玻璃窗上。这窗户无人能够开启，无情地隔绝了阴阳。

读完后，我轻轻地将它轻轻地放在书桌上，生怕惊醒了它、弄疼了它。我趴在书桌上，望着这本书。看着、看着……尽管它只是一本书，但我却看到了妞妞，她住在里面，我看到了她那可爱顽皮的笑，听到了她那撒娇清脆的声音……

"妞妞是小笨蛋。"妈妈说。

"不是蛋。"妞妞答。

"妞妞是小臭屁。"

她窃笑不语。

她举起玩具小熊，一松手，掉在了地上。妈妈捡给她，她边笑边说："谢谢合作，谢谢妞妞合作。"

电梯工给她报纸，她大声说：谢谢！电梯工正高兴，她接着喊："谢谢妞妞！"电梯工一怔，随即大笑。

……

……

突然，我意识到，这一切都是回忆与幻觉。

因为现在，我们已经永远听不到妞妞的哭，也看不到妞妞的笑了。

有人说：天灾人祸，做父母的只要尽了责任，也该安心了。可是，当地震、空难、瘟疫等已经发生，厄运不可逆转，你的亲人被灾祸吞噬时，你如何尽责任？周国平认为他自己没尽责任，因为他所做的一切，都与尽责任无关。他不得不承受命运的打击，他也不能不爱他的女儿，如此而已。

我，作为一名普通的学生，尚未走入社会。我是以一个女儿的身份读这本书的，心头的酸楚，我想也并不比一名作为家长的人来说少。

人生最难忘的经历往往是短暂，就像妞妞活在世上的时间一样。最震撼心灵的事件多半带有突发的性质。心路历程不服从岁月流逝的节奏，它有时会弯曲、缠绕、打结。谁能计算心灵刻痕的深度和记忆的长度呢？

世人频频说着“扼杀在摇篮里”的比喻，唯有守着空摇篮的父母才知道这句话的悲惨含义。

是啊！孩子，父母心头的一块肉。哪怕是受了一点点的小伤害，父母也会着急得不知如何是好。更何况，现在面临的，不是小小的伤害，而是一个小生命的永远离开。

周国平为他女儿著这部书是他捍卫生命的尊严以笔为刀与死亡所做的一场肉搏战。

如果有人说，妞妞这本书有什么意义？我无言以对。一个小生命的生与死能有什么意义？这本书是不问有什么意义的产物，它是给不问有什么意义的读者看的。

永恒的痛——妞妞，你永远活在我们的心中！